Dimitris Chassapakis

DIE KRYPTO AKTEN
CODENAME: AL1A5

KOSMOS

Aus dem Englischen übersetzt von Jan Zlotos.
Das Original ist 2020 bei Penguin Random House unter dem Titel „The Cypher Files" erschienen.
Text und Illustrationen: Dimitris Chassapakis, 2020

Umschlaggestaltung: Weiß-Freiburg GmbH – Grafik und Buchgestaltung unter
Verwendung einer Illustration von Thomas Moor

Unser gesamtes lieferbares Programm und viele
weitere Informationen zu unseren Büchern,
Spielen, Experimentierkästen, Autoren und
Aktivitäten findest du unter **kosmos.de.**

Für die deutschsprachige Ausgabe:

© 2022, Franckh-Kosmos Verlags-GmbH & Co. KG,
Pfizerstraße 5-7, 70184 Stuttgart
Alle Rechte vorbehalten
ISBN 978-3-440-17286-5
Redaktion: Stefanie Kern
Übersetzung: Jan Zlotos
Produktion: Verena Schmynec
Grundlayout und Satz: Weiß-Freiburg GmbH - Grafik und Buchgestaltung
Druck und Bindung: Finidr, s.r.o., Český Těšín
Printed in Czech Republic / Imprimé en République tchéque

CODENAME AL1A5

ist ein Buch voller Rätsel

WAS DU BENÖTIGST:

- ein Exemplar von Codename: AL1A5
- einen Stift
- eine Schere
- Internetzugang (PC, Tablet, Smartphone)

WAS DU BEACHTEN MUSST:

Um die Rätsel zu lösen, musst du schreiben, zeichnen, knicken, falten oder reißen. Nimm keine Rücksicht auf das Buch!
Erkunde außerdem virtuelle Escaperäume und denke assoziativ und um die Ecke, um den Täter zu stellen und das Geheimnis zu lüften.

WAS ERLAUBT IST:

Zu den Rätseln gehört auch, dass du herausfindest, was du brauchst, um sie zu lösen. Du darfst deshalb jederzeit vor- und zurückblättern, das Internet zurate ziehen und die Buchseiten knicken, falten oder zerschneiden. Wenn du nicht weiterkommst, findest du auf der jeweiligen Seite von www.exit-kryptoakten.de zwei Lösungshilfen, die du gegen Punkte eintauschen kannst. Wenn du das Buch zu Ende gerätselt hast kannst du auf Seite 7 überprüfen, wie du abgeschnitten hast.

Jede Doppelseite steht in der Regel für ein zu lösendes Rätsel.

SCHRITT 1:

Löse das Rätsel.

SCHRITT 2:

Rufe die Website zum Spiel auf: www.exit-kryptoakten.de
Hier findest du auch Lösungshilfen. Aber Vorsicht: Jede
Hilfe kostet dich Punkte!

SCHRITT 3:

Gib die Lösung für das Rätsel auf der Website ein. Ist sie
richtig, erhältst du ein Schlüsselwort (nennen wir es im
Folgenden SW), meistens ein Begriff oder eine Zahl.

SCHRITT 4:

Notiere dir das SW im dazugehörigen Feld oder auf der folgenden Seite in der Übersicht. Du wirst diese Schlüsselwör-
ter im späteren Verlauf immer wieder für die Rätsel benö-
tigen. Wenn folgende Hinweisbox im Text erscheint, muss du
dort das entsprechende SW eintragen: [SW #XX].

Damit du alle Rätsel lösen kannst, musst du auch mal kreuz
und quer denken. Lass dich nicht entmutigen und probiere
jeden Ansatz. Du benötigst aber keine spezielle App, um dieses Buch zu spielen, ein Internetbrowser reicht völlig.

WENN DEINE LÖSUNG NICHT AKZEPTIERT WIRD:

1. Kontrolliere, ob deine Antwort mit der angegebenen Auflösung auf der Website übereinstimmt.
2. Überprüfe, ob die Autokorrektur zusätzliche Leerzei-
   chen ergänzt hat, und lösche diese.
3. Kontaktiere unseren Kundenservice unter:
   exit@kosmos.de

NOTIERE HIER DEINE SCHLÜSSELWÖRTER

SW 0: ....

SW 1: ....

SW 2: ....

SW 3: ....

SW 4: ....

SW 5: ....

SW 6: ....

SW 7: ....

SW 8: ....

SW 9: ....

SW 10: ....

SW 11: ....

SW 12: ....

SW 13: ....

SW 14: ....

SW 15: ....

SW 16: ....

SW 17: ....

SW 18: ....

SW 19: ....

SW 20: ....

SW 21: ....

SW 22: ....

SW 23: ....

SW 24: ....

SW 25: ....

SW 26: ....

SW 27: ....

NOTIERE HIER DEINEN PUNKTESTAND

Für jedes Rätsel gilt folgendes Punktesystem, wobei jeder Spieler zu Beginn einen Punktestand von 200 hat:

Tipp 1 benötigt: ziehe 2 Punkte ab
Tipp 2 benötigt: ziehe nochmal 3 Punkte ab
Auflösung benötigt: ziehe nochmal 5 Punkte ab
Rätsel ohne Auflösung richtig gelöst: zähle 2 Punkte dazu

Rätsel 1: ....

Rätsel 2: ....

Rätsel 3: ....

Rätsel 4: ....

Rätsel 5: ....

Rätsel 6: ....

Rätsel 7: ....

Rätsel 8: ....

Rätsel 9: ....

Rätsel 10: ....

Rätsel 11: ....

Rätsel 12: ....

Rätsel 13: ....

Rätsel 14: ....

Rätsel 15: ....

Rätsel 16: ....

Rätsel 17: ....

Rätsel 18: ....

Rätsel 19: ....

Rätsel 20: ....

Rätsel 21: ....

Rätsel 22: ....

Rätsel 23: ....

Rätsel 24: ....

Rätsel 25: ....

Rätsel 26: ....

Rätsel 27: ....

Rätsel 28: ....

ZU WELCHER KATEGORIE GEHÖRST DU?

Behalte deinen Punktestand im Auge!

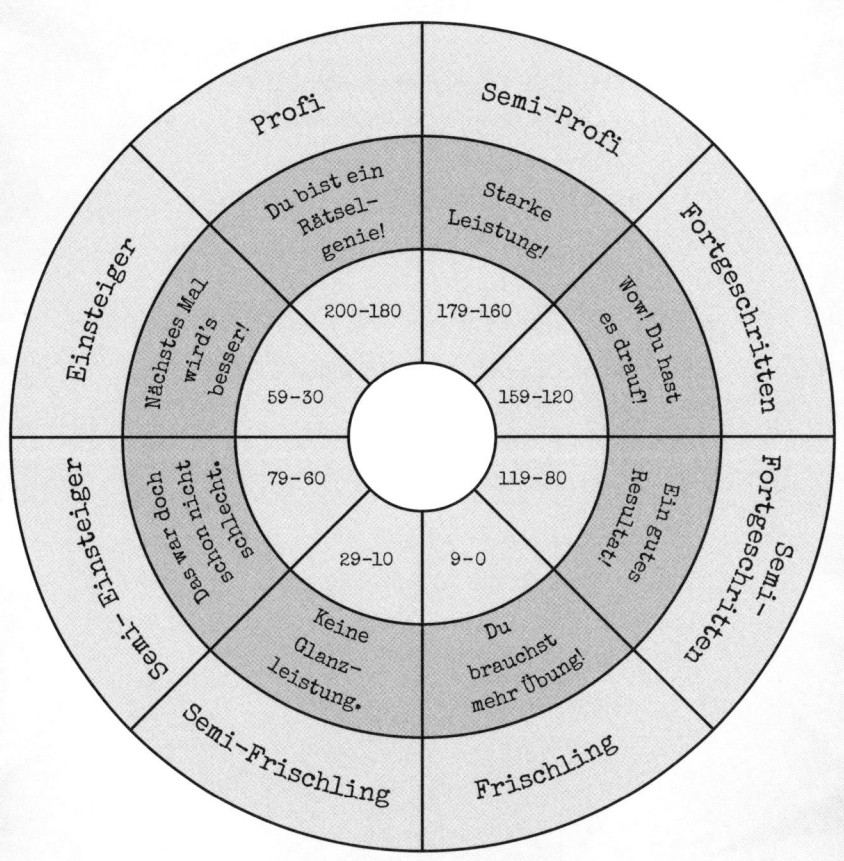

GEHEIM

Hallo! Das hier ist ein Proberätsel. Es hilft dir
dabei, zu verstehen, wie das Buch gespielt wird.

Schritt 1:
Schau dir die rechte Buchseite an und
löse das Rätsel.

Schritt 2:
Besuche diese Website:

Schritt 3
Löse das Rätsel korrekt
und notiere anschließend
das SW.

www.exit-kryptoakten.de/a/0

[SW #0]:

Besuche die angegebene Website.
Gib die Lösung ein und notiere das SW für die Seite.

Schritt 1:
Dies ist die Rätselseite.
Löse Folgendes:

$$30+12$$

In diesem Buch begleitest du die Agenten von KRY.P.T.O.
bei ihrem Fall.

Bei KRY.P.T.O. (KRYptisches, Paradoxes, Transzendentes,
Okkultes) handelt es sich um eine weltweit agierende
Behörde, die auf Fälle angesetzt wird, die von den
nationalen Geheimdiensten als unlösbar eingestuft wurden.

KRY.P.T.O. führt komplexe oder abstrakte Untersuchungen
durch und bedient sich hierbei sowohl modernster
digitaler Dechiffrierungstechniken als auch altmodischer
Untersuchungsmethoden.

Die Frauen und Männer bei KRY.P.T.O. sind gewöhnliche
Menschen, die Außergewöhnliches zu leisten imstande
sind. Ihre stärkste Motivation ist der Dienst für die –
größtenteils ahnungslose – Gesellschaft.

Sie sind unermüdlich in ihrer Professionalität und ihrem
Ethos. Ihre hohen Ideale kommen einem Codex wie dem der
Ritter der Tafelrunde gleich, was sich auch in ihren
Decknamen widerspiegelt.

Der Generaldirektor ist nur als „Artus" bekannt.

GEHEIM

Uns wurde von ORG, eine uns übergeordnete Organisation, die nicht näher erläutert werden soll, ein Fall zugeteilt.

In den vergangenen neun Tagen wurden in der Stadt Norton drei Personen als vermisst gemeldet. Die Vermissten haben keine offenkundige Verbindung zueinander, und auch sonst scheint es sich um separate Fälle zu handeln.

In Norton wurde seit Jahrzehnten niemand mehr als vermisst gemeldet und wir sollen prüfen, ob die Fälle nicht doch zusammengehören.

Galahad ist für die Feldarbeit eingeteilt und führt alle nötigen Untersuchungen vor Ort durch, während Bedivere vom Hauptquartier aus die technische Unterstützung und Cyberspionage übernimmt.

Galahad berichtet seine Beobachtungen an Bedivere und dieser leitet sie täglich an Artus weiter. Es wird nichts unternommen, was nicht vorher vom Hauptquartier genehmigt wurde. Dies geschieht aus Sicherheitsgründen.

Artus//

01.

Akte: #AL1A5

GEHEIM

A402 ist Fotografin.

Sie wurde vor neun Tagen von ihrem Mitbewohner als vermisst gemeldet.

Der Mitbewohner hat ausgesagt, dass sie sich am Tag, bevor sie verschwand, sehr sonderbar verhalten habe. Sie war gerade von Naturaufnahmen zurückgekommen und murmelte immer scheinbar zufällige Zahlen vor sich hin, die sie außerdem auch aufschrieb.

Später habe sie keine Erinnerung daran gehabt und die Bedeutung der Zahlen nicht erklären können. Sie verließ die Wohnung gegen 10 Uhr am folgenden Morgen. Um 11 Uhr erhielt ihr Mitbewohner eine Textnachricht mit einer Zahlenfolge. Seither fehlt von A402 jede Spur.

Bedivere//

[SW #01]:

Besuche die angegebene Website.
Gib die Lösung ein und notiere das SW für die Seite.

KRY.P.T.O.
Nicht kopieren/vertraulich
Akte: #AL1A5

VP.ID: A402

Name: Lena ▮▮▮▮▮
Geschlecht: weiblich
Größe: 169 cm
Gewicht: 54 kg
Augenfarbe: braun
Haarfarbe: braun
Beruf: Fotografin

Als die Vermisste gefunden wurde, war sie sehr erschöpft, verwirrt und stark desorientiert. Sie konnte weder Fragen beantworten noch sich identifizieren und wiederholte immer wieder Folgendes:

„Ich war hier 63.446110 10.898954"

Was ist das?

GEHEIM

Wir haben Fingerabdrücke von ihrer Kamera abgenommen, die wir mit einem älteren Abdruck aus unserer Datenbank abgleichen müssen.

Bedivere//

[SW #02]:

Besuche die angegebene Website.
Gib die Lösung ein und notiere das SW für die Seite.

Fingerabdruckvergleich
Subjekt ID: A402

UNIVERSAL NO.	A402	SEX	RACE	HGT.	WGT.	EYES	HAIR	PLACE OF BIRTH
		F		169CM	54KG	BR.	BR.	
INTERNAL NO.	318	LEAVE BLANK						
COUNTRY NO.	6							
SAMPLE NO.	1	CLASS ____						
		REF ____						

UNIVERSAL NO.	A402	SEX	RACE	HGT.	WGT.	EYES	HAIR	PLACE OF BIRTH
INTERNAL NO.	718	LEAVE BLANK						
COUNTRY NO.	6							
SAMPLE NO.	2	CLASS ____						
		REF ____						

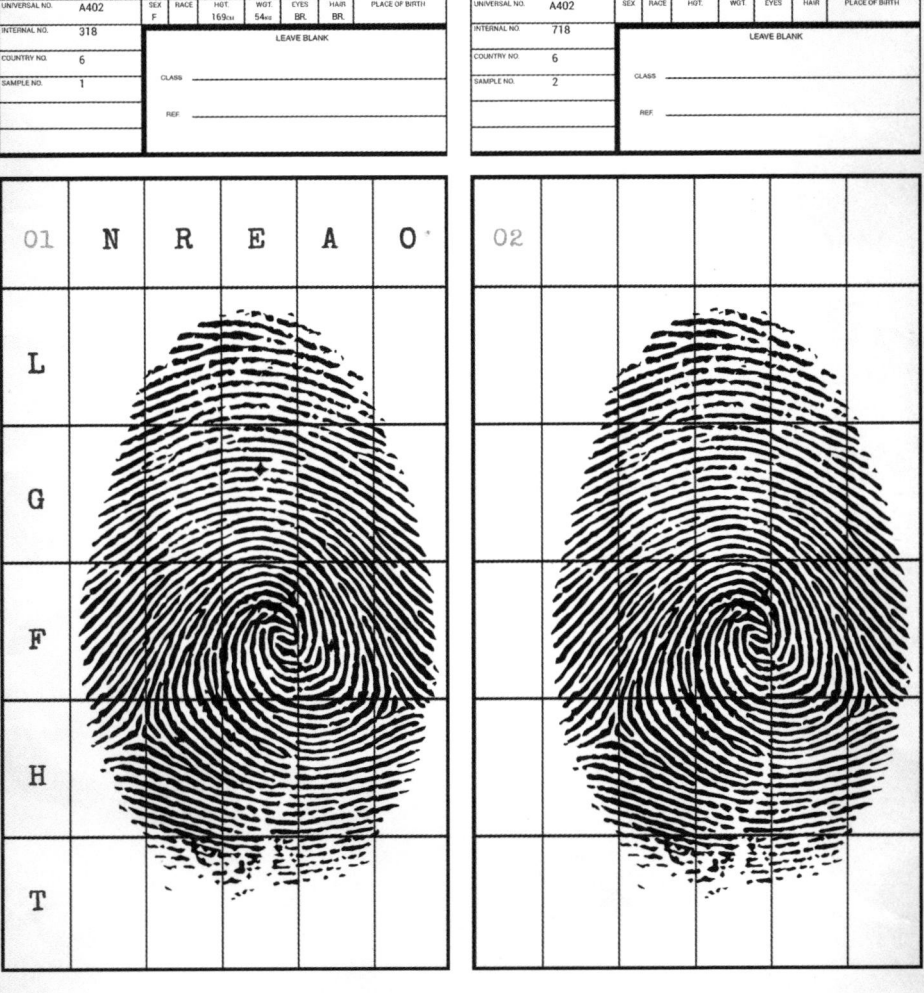

GEHEIM

A403 unterrichtet Mathematik an der Norton High School.

Er wird seit sechs Tagen vermisst.
Seine Schüler berichten, dass er am Tag vor seinem Verschwinden im Unterricht extrem zerstreut war.

Egal, was seine Schüler anstellten, nichts störte ihn oder veranlasste ihn zu einer Reaktion. Das Letzte, was er tat, bevor er die Klasse verließ, war, die Tafel mit unsinnigen Zahlen und Wörtern zu bekritzeln.

Seitdem wurde er nicht mehr gesehen.

Bedivere//

[SW #03]:

Besuche die angegebene Website.
Gib die Lösung ein und notiere das SW für die Seite.

VP.ID: A403

Name: John [redacted]
Geschlecht: männlich
Größe: 180 cm
Gewicht: 83 kg
Augenfarbe: braun
Haarfarbe: braun
Beruf: Mathematiklehrer

In der Wohnung der vermissten Person wurde eine Tafel gefunden. Anscheinend war dies das Letzte, was er notiert hat.

GEHEIM

Wir haben Ihnen die Fingerabdrücke von Subjekt A403 aus unserem Datenarchiv zur Verfügung gestellt.

Führen Sie eine genaue Untersuchung durch.

Bedivere//

[SW #04]:

Besuche die angegebene Website.
Gib die Lösung ein und notiere das SW für die Seite.

Fingerabdruckanalyse
Subjekt ID: A403

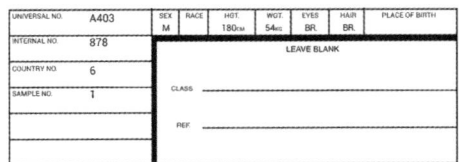

>>

M   P   Z

K

O

N

R

H

L

I   S   G   N

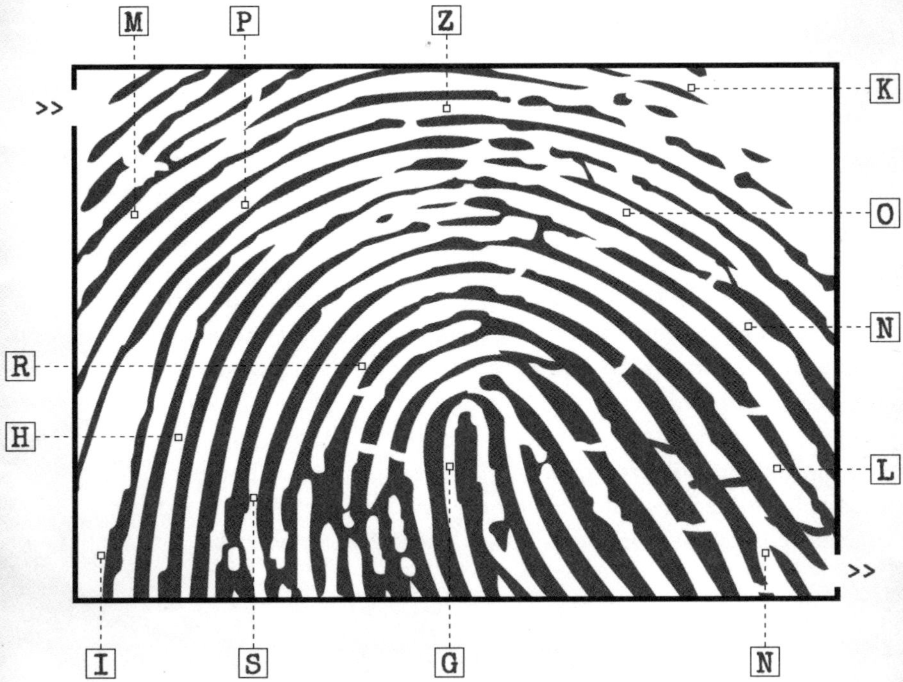

>>

05

GEHEIM

A405 kommt aus der chemischen Forschung. Zuletzt arbeitete er für die örtliche Eisengießerei an der Entwicklung eines Schmelzofens, der mit Lichtbögen funktioniert.

Seinen Kollegen zufolge hatte er am Tag vor seinem Verschwinden mehrere Panikattacken. Er war nervös und aufgebracht bis aggressiv. Jede dieser Attacken habe fünf bis zehn Minuten gedauert. Und während seiner Attacken konnte niemand den korrekten Ablauf der Herstellung der Eisen-Ruthenium-Legierungen kontrollieren. Hierbei wird beim Gießen zur Abschirmung Neon eingesetzt. Das stellte für jeden im Labor eine immense Gefahr dar.

Jeder Kollege von A405 empfand das als für ihn sehr untypisches Verhalten. A405 war als eine sehr ruhige und ausgeglichene Person bekannt. Manchmal habe man sogar Witze über sein „zenhaftes" Verhalten gemacht.

Einige seiner Kollegen nannten ihn hinter seinem Rücken „Tree Hugger", weil sie gesehen haben wollen, dass er während seiner regelmäßigen Spaziergänge in der Natur Bäume umarmte.

Bedivere//

[SW #05]:

Besuche die angegebene Website.
Gib die Lösung ein und notiere das SW für die Seite.

VP.ID: A405

Name: Jason ███████
Geschlecht: männlich
Größe: 172 cm
Gewicht: 69 kg
Augenfarbe: grün
Haarfarbe: braun
Beruf: Chemiker

*ein System voll
von Ruthenium und Neon*

CFID:DE

06

GEHEIM

Wir haben Ihnen einen aktuellen Fingerabdruck aus dem Labor und einen aus unserem Datenarchiv zur Untersuchung zur Verfügung gestellt.

Bedivere//

[SW #06]:

Besuche die angegebene Website.
Gib die Lösung ein und notiere das SW für die Seite.

Fingerabdruckverbindungen
Subjekt ID: A405

UNIVERSAL NO.	A405	SEX M	RACE	HGT. 172cm	WGT. 69kg	EYES GR.	HAIR BR.	PLACE OF BIRTH
INTERNAL NO.	7844					LEAVE BLANK		
COUNTRY NO.	6							
SAMPLE NO.	4	CLASS						
		REF.						

B	E	B	A
O	R	I	P
K	L	N	O

[SW #02]

O	B	I							
K	I	N							

[SW #05]

Akte: #AL1A5

GEHEIM

Sie wurden beauftragt, Ihren Bericht zu den Norton-
Vermisstenfällen bis heute um 17 Uhr einzusenden.

Fassen Sie sich kurz und seien Sie präzise.

Bedivere//

Zum Glück habe ich die Arbeit an dem Bericht letzte Nacht begonnen. Ich muss nur noch ihre Daten einfügen.

[SW #07]:

Besuche die angegebene Website.
Gib die Lösung ein und notiere das SW für die Seite.

KRY.P.T.O.
Nicht kopieren/vertraulich
Akte: #AL1A5

VP.ID: *A403*

Nachname: ⌊_⌋⌊_⌋⌊_⌋⌊_⌋⌊_⌋

[SW #01]

VP.ID: *A402*

Nachname: ⌊_⌋⌊_⌋⌊_⌋⌊_⌋⌊_⌋

[SW #04]

VP.ID: *A405*

Nachname: ⌊_⌋⌊_⌋⌊_⌋⌊_⌋⌊_⌋

[SW #06]

VP.ID:

Nachname: ⌊_⌋⌊_⌋⌊_⌋⌊_⌋⌊_⌋

08.

GEHEIM

Wir haben heute Folgendes von ORG erhalten.
Bitte lesen und dementsprechend verhalten.

„Bezugnehmend auf Ihren Bericht über die vermissten Personen
in Norton sind Sie hiermit autorisiert, mit den Untersuchungen
fortzufahren. Wir setzen vollstes Vertrauen in Ihre Fähigkeiten
und werden auf Grundlage Ihrer bisher gelieferten Daten das
nächste Opfer ermitteln. ORG."

Bedivere//

[SW #08]:

Besuche die angegebene Website.
Gib die Lösung ein und notiere das SW für die Seite.

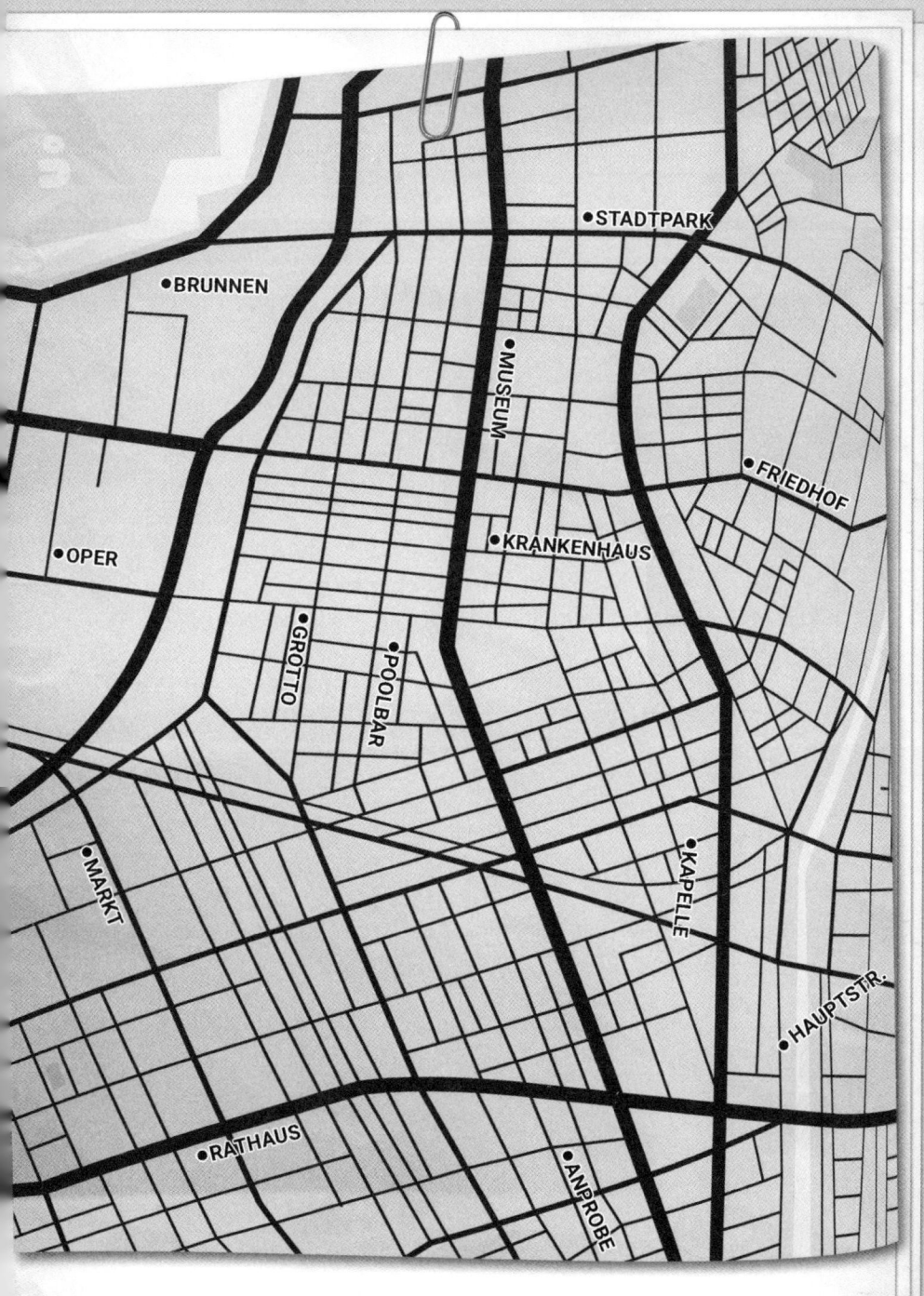

[SW #02] Rathaus [SW #03]
Markt [SW #05] [SW #02]

GEHEIM

Ausgehend von den Ergebnissen Ihrer Untersuchungen haben
wir eine Liste zukünftiger Zielpersonen im relevanten Areal
zusammengestellt.

Benutzen Sie diese Liste, um herauszufinden, wer die nächste
Zielperson sein könnte, und informieren Sie umgehend KRY.P.T.O.

Wenn Sie die Zielperson identifiziert haben, sind sie ausdrücklich
NICHT autorisiert, diese Person zu lokalisieren.

Bedivere//

[SW #09]:

Besuche die angegebene Website.
Gib die Lösung ein und notiere das SW für die Seite.

A	L	B	E	R	T	L
N	W	L	E	N	N	U
D	T	I	M	A	Y	T
E	U	J	L	R	R	H
R	R	A	A	S	A	E
S	N	M	A	T	O	R
O	E	E	L	I	V	N
N	R	S	H	A	R	A

Mögliche nächste Opfer:

ALBERT LUTHER
JAMES ANDERSON
MAY TURNER
MAT LENN
SHARA BEAR
NYRA LIV
MARY ████████

Wer ist die nächste Zielperson?

CFID:MA

GEHEIM

A8199 erschien heute nicht zur Arbeit und ist auch nicht zu Hause.

Es ist zu früh, A8199 als vermisst zu melden, wir müssen aber davon ausgehen, dass dies der Fall ist. A8199 muss lokalisiert und in Sicherheit gebracht werden.

Bedivere//

[SW #10]:

Besuche die angegebene Website.
Gib die Lösung ein und notiere das SW für die Seite.

KRY.P.T.O.
Nicht kopieren/vertraulich
Akte: #AL1A5

MP.ID: A8199

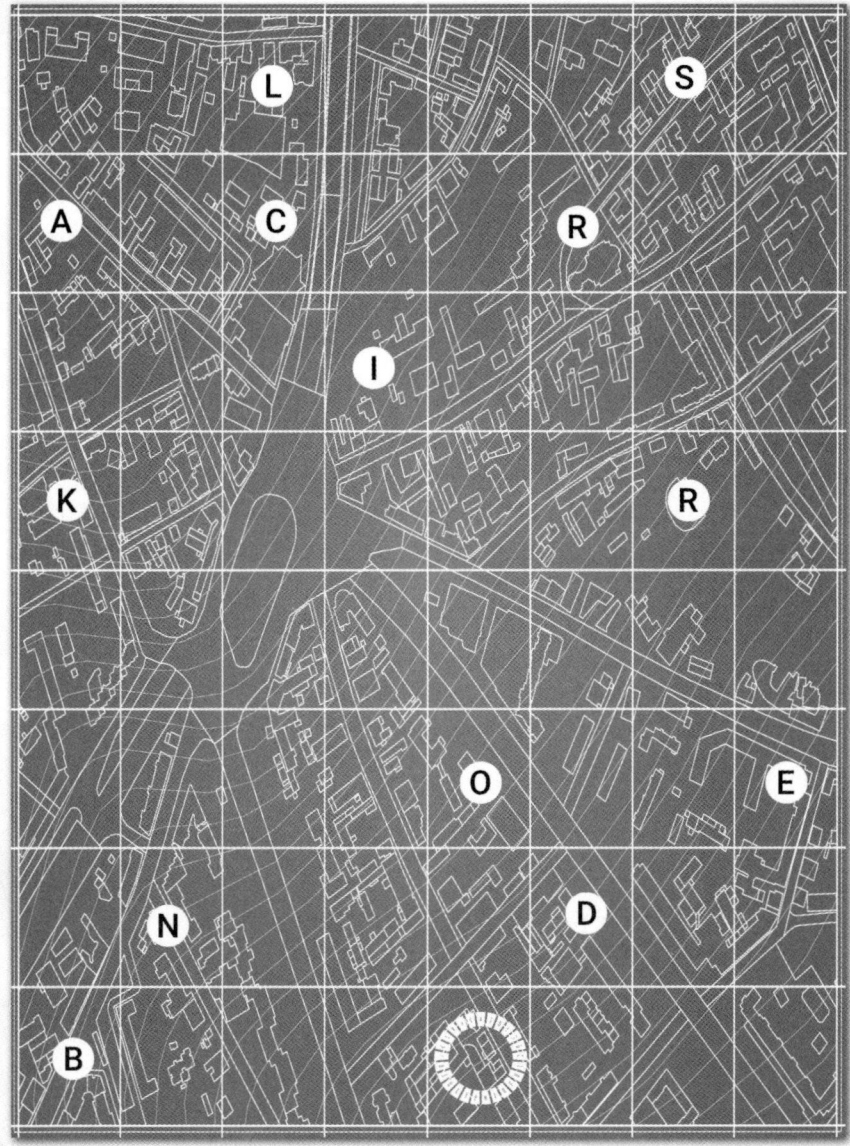

CFID:GI

Start ↗

Ich bin ein [SW #07] bis zum Buchstabe I, dann bin ich ein [SW #09].

GEHEIM

A8199 wurde in ein Krankenhaus gebracht und in Polizeigewahrsam genommen. A8199 leidet unter schwerem Realitätsverlust und zeigt psychotisches Verhalten.

ORG verhält sich eher feindselig und weigert sich, Informationen mit uns zu teilen. Wenn wir den Fall ergründen wollen, müssen wir uns Einblick in das ärztliche Gutachten verschaffen.

Bedivere//

[SW #11]:

Besuche die angegebene Website.
Gib die Lösung ein und notiere das SW für die Seite.

Krankenhausadresse: exit-kryptoakten.de/ [SW #10]

West   Bri

Es würde helfen, wenn Sie das Krankenhaus
besuchen - halten Sie beide Augen offen,
wenn Sie an diesem wichtigen Tag die
Aussicht genießen.

GEHEIM

Mit hoher Wahrscheinlichkeit wird ORG den Fall offiziell übernehmen und KRY.P.T.O. abziehen.

Wir brauchen den internen Bericht von ORG zu A8199, solange wir noch Zugriff auf die Akten haben.

Da ORG jedoch davon ausgeht, dass wir spionieren werden, haben sie vorsorglich die Passwörter geändert.

Wir müssen herausfinden, was hier wirklich vor sich geht und wieso wir abgezogen werden sollen. Finden Sie diesen Bericht!

Bedivere//

[SW #12]:

Besuche die angegebene Website.
Gib die Lösung ein und notiere das SW für die Seite.

„Nach der Tschernobyl-Katastrophe spielt in Ägypten niemand mehr Arcade-Spiele."

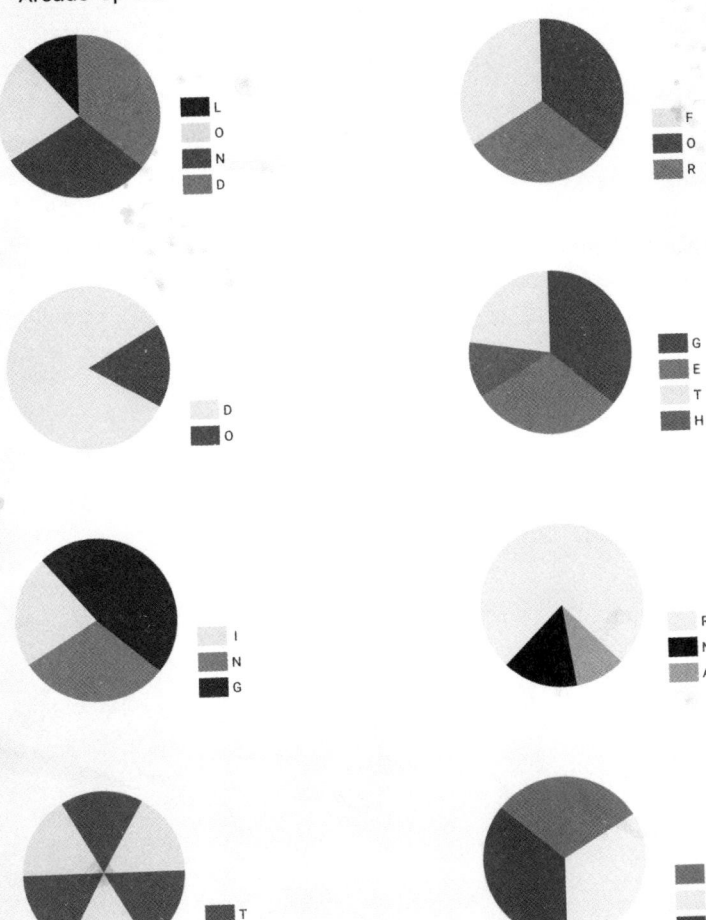

13.

Akte: #AL1A5

GEHEIM

Wir wurden offiziell angewiesen, den Fall Norton zu schließen und unsere Daten zu übergeben.

Laden Sie alle Ergebnisse in die Datenbank, bevor Sie für den persönlichen Bericht ins Hauptquartier zurückkehren.

Bedivere//

*Es ist noch nicht zu spät!
Wenn ich Bedivere die
überarbeiteten Dokumente
zeige, haben wir eine Chance,
an dem Fall dranzubleiben.*

[SW #13]:

Besuche die angegebene Website.
Gib die Lösung ein und notiere das SW für die Seite.

```
def process_request(request, user, password, failed_aftertry):
    """
    This method will proceed the request
    Args:
        request:
        user:
        org_password.rebus
        failed_aftertry:
    Returns:
    """
-----------------------------------------------------------------"
                result += "\n[+] THEORG \nCredentials succeed to
Log:\n> username: " + user + " and " \
"password: " \
"" + password
                result += "\n[+]
-----------------------------------------------------------\n
"
                with open("./results.cyp", "w+") as frr:
                    frr.write(result)
                print(
                    "[+] A Match succeed 'user: " + user + " and
password: " + password + "' and have been saved at "
"./results.cyp")
                exit()
    _token = ""
    try:
        _token = list(set(tree.xpath("//input[@name='" + csrf_-
field + "']/@value")))[0]
    except Exception as es: pass
return _token
------------------------------------------------------------------
   org_password:
```

ich glaube, ich kenne das Passwort...

`[SW #11] - 1b +`

GEHEIM

ORG hat uns darüber informiert, dass Sie Ihre Ergebnisse nicht in die Datenbank geladen haben.

Wir sind von diesem Fall abgezogen – jede weitere Verzögerung wird disziplinarische Konsequenzen haben.

Händigen Sie Ihre Daten aus und melden Sie sich im Hauptquartier. SOFORT!

Bedivere//

[SW #14]:

Besuche die angegebene Website.
Gib die Lösung ein und notiere das SW für die Seite.

KRY.P.T.O.
Nicht kopieren/vertraulich
Akte: #AL1A5

Kommunizieren Sie mit allen Abteilungen und Agenten NUR über eine
sichere Leitung: exit-kryptoakten.de/ [SW #13]

Agenten ID.:	#Nummer:
M.P.	97312
E.P.	93766
D.C.	95834
I.M.	92674
GD Arthur	9xxxx

*Ich muss den Chef persönlich sprechen. Wenn ich
ihn ans Telefon bekomme, wird er zuhören ...*

CFID:PH

15

GEHEIM

ORG hat einen weiteren Fall gemeldet, der in das Muster zu passen scheint. Sie haben dem Opfer den Codenamen M7016 zugewiesen – der Betroffene arbeitet als Bibliothekar an der Norton High School. Offenbar verschwand er zu dem Zeitpunkt, als A8199 in Polizeigewahrsam genommen wurde.

ORG hat schon ein Team zusammengestellt, um M7016 zu lokalisieren. Was aber viel wichtiger ist: Sie setzen ein zweites Team darauf an, „ein Lösungskonzept aus der Vergangenheit zu finden, bevor alles noch mehr eskaliert".

Ich weiß nicht, was ich darunter verstehen soll, das müssen wir zeitnah herausfinden.

Zuerst müssen wir aber in Erfahrung bringen, wer M7016 ist.

//Bedivere

[SW #15]:

Besuche die angegebene Website.
Gib die Lösung ein und notiere das SW für die Seite.

Literatur [SW #08]

16

GEHEIM

Alle Vermissten haben kurz vor ihrem Verschwinden Hinweise hinterlassen – ausgenommen M7016.

Wenn der Fall mit den anderen verbunden ist, muss auch er etwas zurückgelassen haben.

Durchsuchen Sie sein Apartment und schauen Sie, was Sie finden können.

Bedivere//

[SW #16]:

Besuche die angegebene Website.
Gib die Lösung ein und notiere das SW für die Seite.

Wohnungsadresse: exit-kryptoakten.de/ [SW #12]

135
225
45
360
0

17

GEHEIM

Artus erwartet einen persönlichen Bericht von Ihnen. Meine
Berichte genügen ihm nicht.

Entweder kommen Sie her und lassen ein Disziplinarverfahren
über sich ergehen. Oder Sie bekommen ihn irgendwie ans Telefon,
erklären ihm die Gründe für Ihr Handeln und versuchen ihn davon
zu überzeugen, Sie laufen zu lassen.

//Bedivere

[SW #17]:

Besuche die angegebene Website.
Gib die Lösung ein und notiere das SW für die Seite.

Kommunizieren Sie mit allen Abteilungen und Agenten NUR über eine
sichere Leitung.
Sie finden die sichere Leitung wie zuvor, aber Arturs Nummer hat
sich geändert.
Seine vorherige Nummer wird Ihnen helfen, die neue zu
entschlüsseln.

	8	9	7
16[SW #16] >			
[SW #14]–[SW #15] >			
	*	0	#

GEHEIM

Was uns hier vorliegt, reicht einfach nicht aus, um den Fall
voranzubringen oder um uns mehr Zugangsrechte zu verschaffen.
Ich schlage vor, wir versuchen es mit mehr Fleißarbeit.

Stellen Sie Nachforschungen an, ob es Zeitzeugen gibt, die von
sonderbaren Ereignissen in den Jahren rund um 1942 berichten.
Selbst Gerüchte könnten uns vielleicht weiterhelfen.

Bedivere//

[SW #18]:

Besuche die angegebene Website.
Gib die Lösung ein und notiere das SW für die Seite.

POI.ID: W302

Name: Jim McAvoy
Geschlecht: männlich
Geburtstag: 12/11/1931

Protokoll-Eintrag #	Zeitstempel	
1	12:00:30	
2	11:03:55	
3	01:21:15	
4	03:00:00	

Es wurde Zeit, jemanden zu finden, der helfen kann ...
Protokolleinträge:

21343 43234

CFID:OZ

19.

GEHEIM

Ich bin Ihren Bericht durchgegangen und es wirkt alles sehr
vielversprechend. Halten Sie mich auf dem Laufenden, was das
Gespräch mit ihm ergibt.

Bedivere//

[SW #19]:

Besuche die angegebene Website.
Gib die Lösung ein und notiere das SW für die Seite.

Er will mir etwas zeigen. Wir
treffen uns am Ausgang.

Beginne bei Buchstabe  >>>

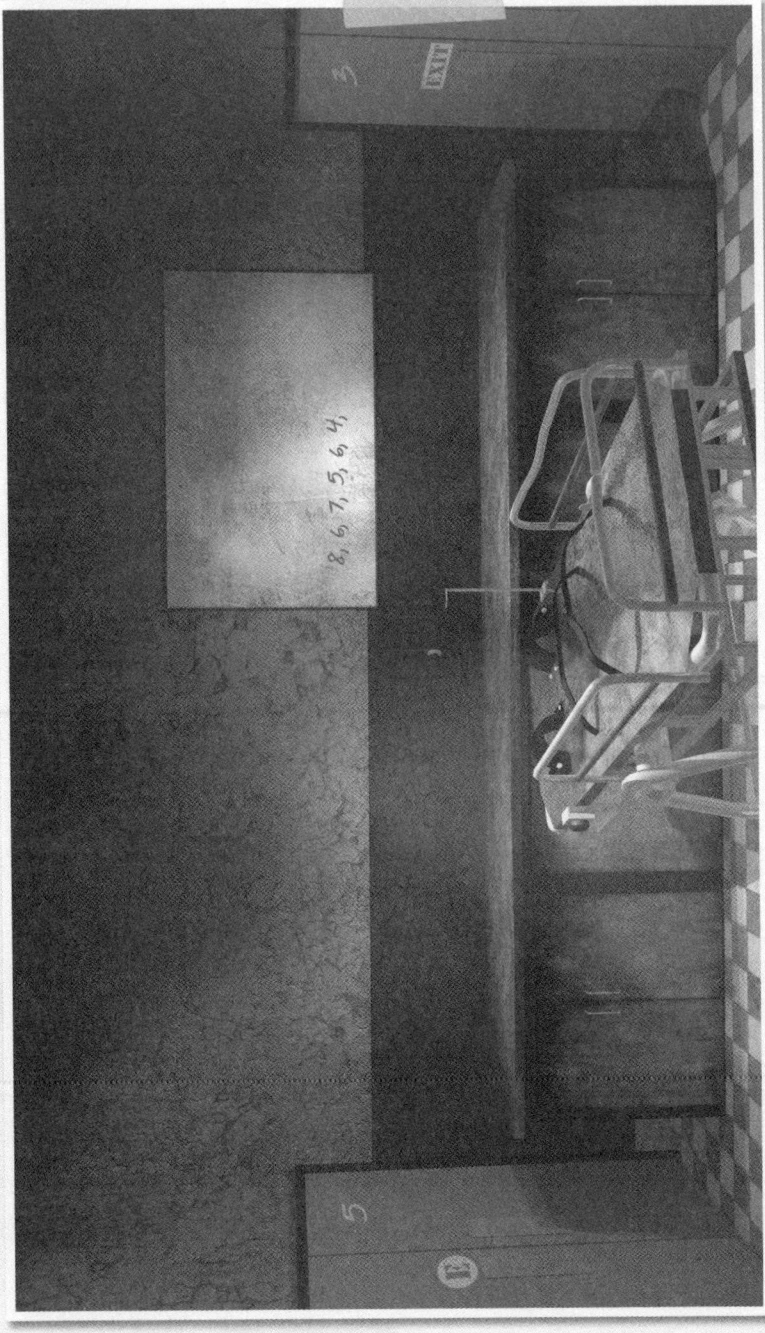

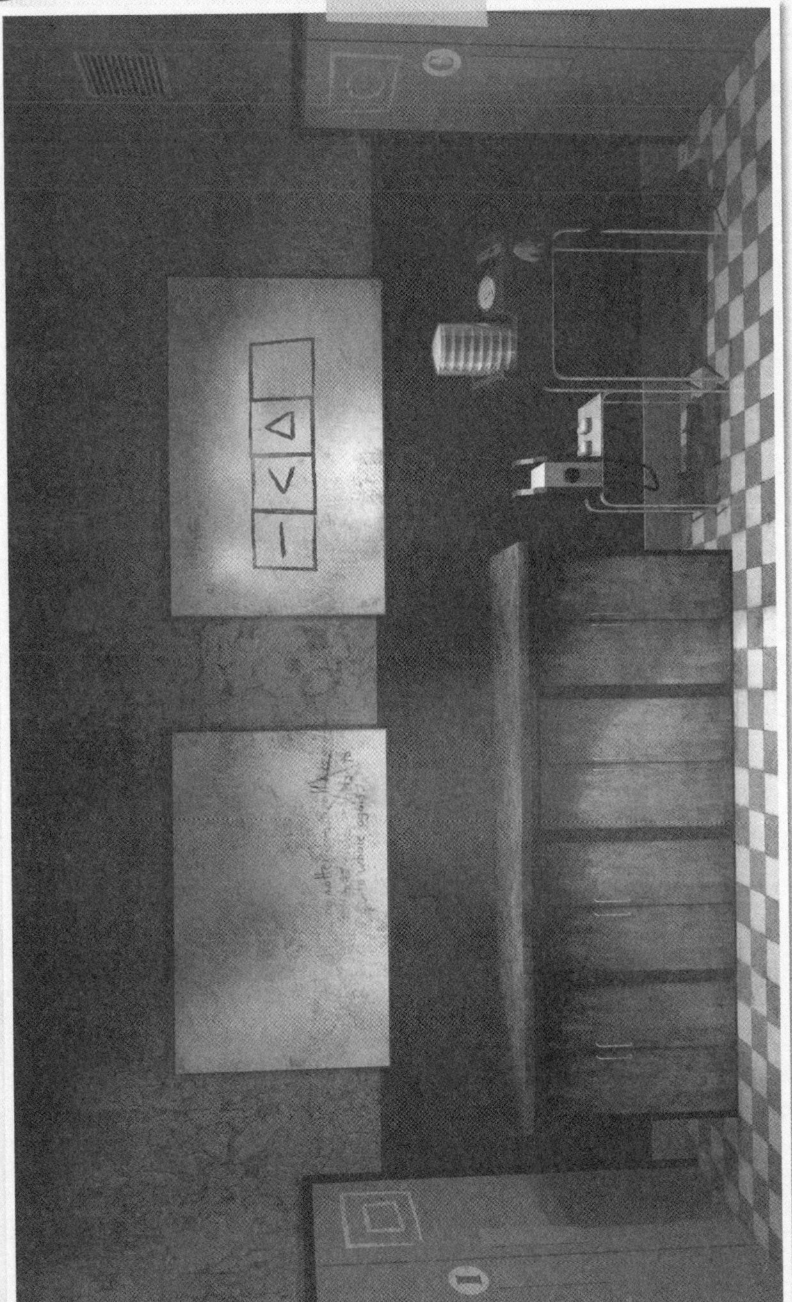

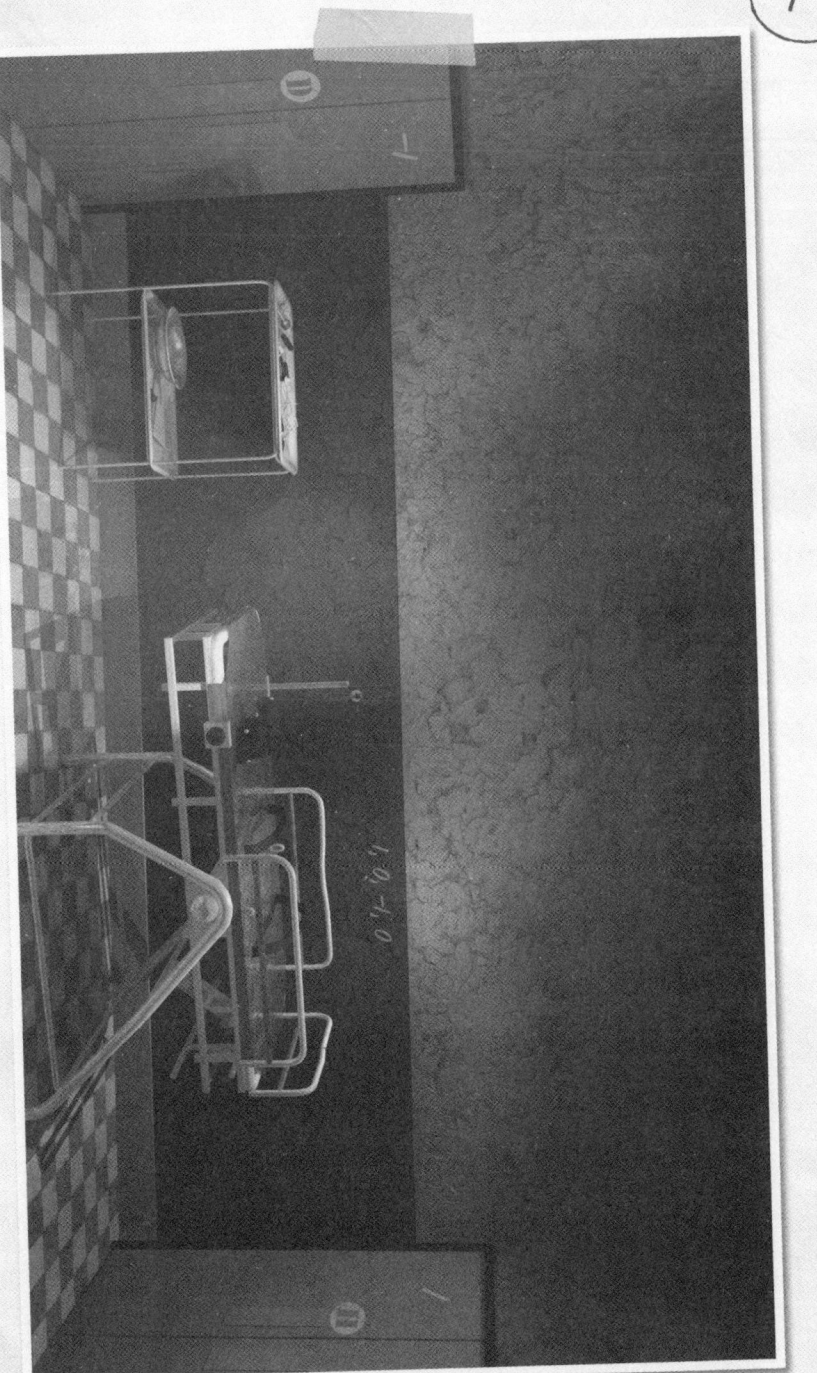

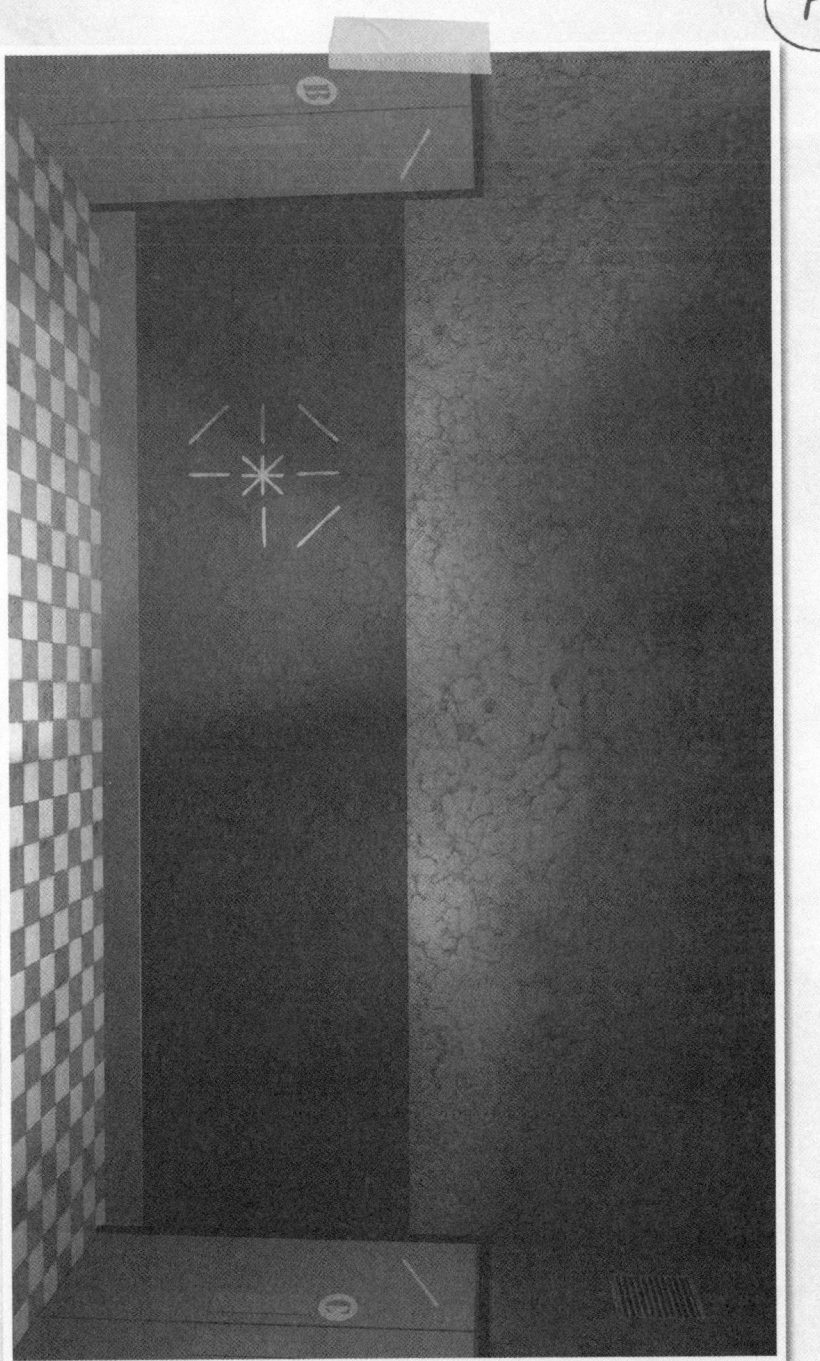

Welches Wort muss er hören?

GEHEIM

Ich kann nichts finden, was das bestätigen würde, was Sie mir erzählt haben. Ich habe versucht, die Kriegsarchive zu hacken – aber das ist unmöglich.

Es bleibt uns nichts anderes übrig, als dass Sie weiter nach-forschen, was der alte Mann alles weiß. Wir brauchen so viele Informationen wie möglich.

Ich möchte mich noch einmal an Artus wenden. Aber dafür sollten wir einen bombensicheren Fall vorlegen können.

Bedivere//

[SW #20]:

Besuche die angegebene Website.
Gib die Lösung ein und notiere das SW für die Seite.

T K I|I|I L GE O

D DE I L E A

G G L L F

AL G P L A F

L ICH MAR ALIE

H(YA)T NKE LEE

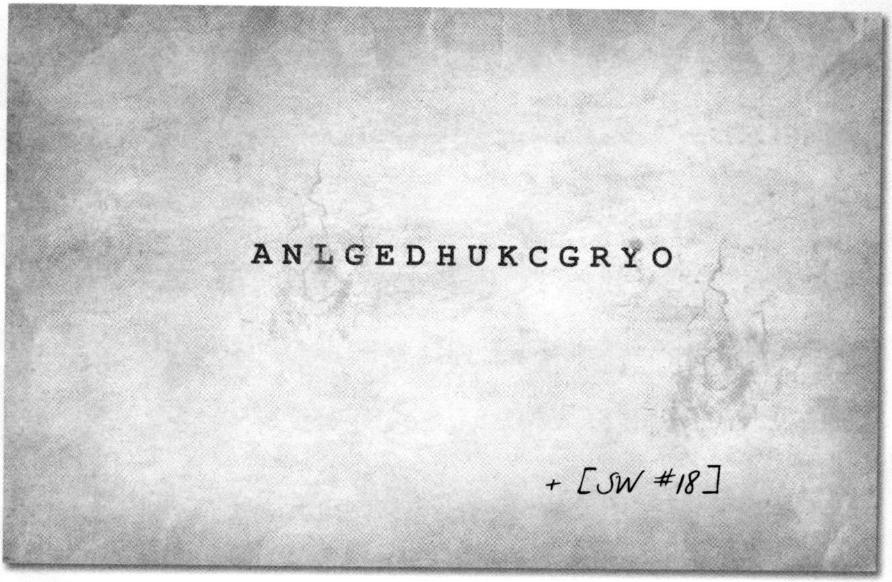

ANLGEDHUKCGRYO

+ [SW #18]

Ich habe diese Dokumente im Labor gefunden. Sie scheinen irgendwie zusammenzuhängen.

21

Akte: #AL1A5

GEHEIM

Ich habe Zeitungsartikel aus dem Jahr 1942 gefunden, in denen es um vermisste Personen in Norton geht.

Das bestätigt zumindest diesen Teil der Aussage des alten Mannes. Jemand hat sich sehr viel Mühe gegeben, diese Nachrichten aus den Geschichtsbüchern verschwinden zu lassen.

Tauchen Sie noch tiefer in den Fall ein, und ich für meinen Teil werde sehen, was ich sonst noch zutage fördern kann.

Ich muss mich übrigens für meinen Kommentar von gestern entschuldigen. Aber Sie müssen schon zugeben, dass Sie mir das umgekehrt wohl auch nur schwer geglaubt hätten.

Bedivere//

[SW #21]:

Besuche die angegebene Website.
Gib die Lösung ein und notiere das SW für die Seite.

WISSENSCHAFT UND MEDIZIN

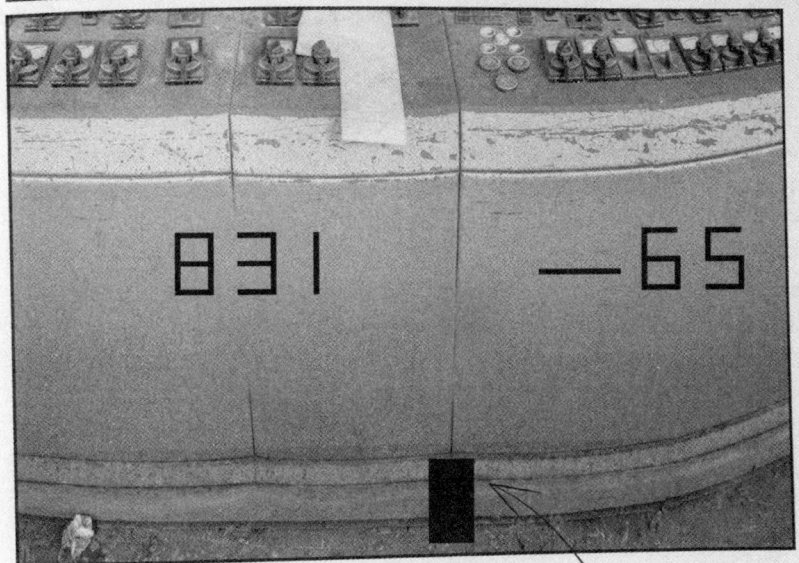

Der Kontrollraum des Alias-Experiments

[SW #17] [SW #20]

22

GEHEIM

Die Informationen sind äußerst wertvoll, aber uns fehlt noch
ein Detail, bevor wir das Ganze Artus vorlegen können, um seine
Unterstützung zu bekommen.

Bringen Sie in Erfahrung, wie die Geschichte des alten Mannes endet.
So können wir Artus nicht nur den Fall zeigen, sondern ihm auch
einen Plan für das weitere Vorgehen präsentieren.

Nur mit einer merkwürdigen Geschichte und ohne Aktionsplan
vorstellig zu werden wäre ein ungünstiger Schachzug.

Bedivere//

[SW #22]:

Besuche die angegebene Website.
Gib die Lösung ein und notiere das SW für die Seite.

171245 Wochentag?

Ich habe eine Kopie dieser Seiten in meinen Unterlagen.

23

GEHEIM

Es ist Zeit, Artus ein letztes Mal wegen des Falls zu kontaktieren.
Leider hat er nach unserem letzten Versuch augenscheinlich sowohl
sein Telefon als auch seinen Account zerstört.

Finden Sie einen Weg, zu ihm durchzudringen. Überlassen Sie das
Reden aber dieses Mal mir.

Bedivere//

[SW #23]:

Besuche die angegebene Website.
Gib die Lösung ein und notiere das SW für die Seite.

Vielleicht kann ich im Lager Ersatzteile finden,
mit denen ich dieses alte Gerät reparieren kann.

Die Pläne müssten auch noch mal in meinen
Unterlagen zu finden sein, so kann ich sie noch
besser bearbeiten und zusammenfügen ...

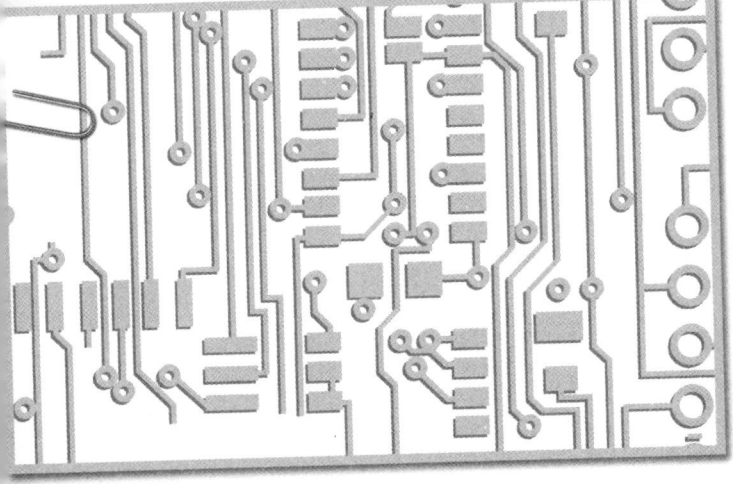

Zeichne, addiere und
multipliziere dann mit [SW #21]   >>>

52

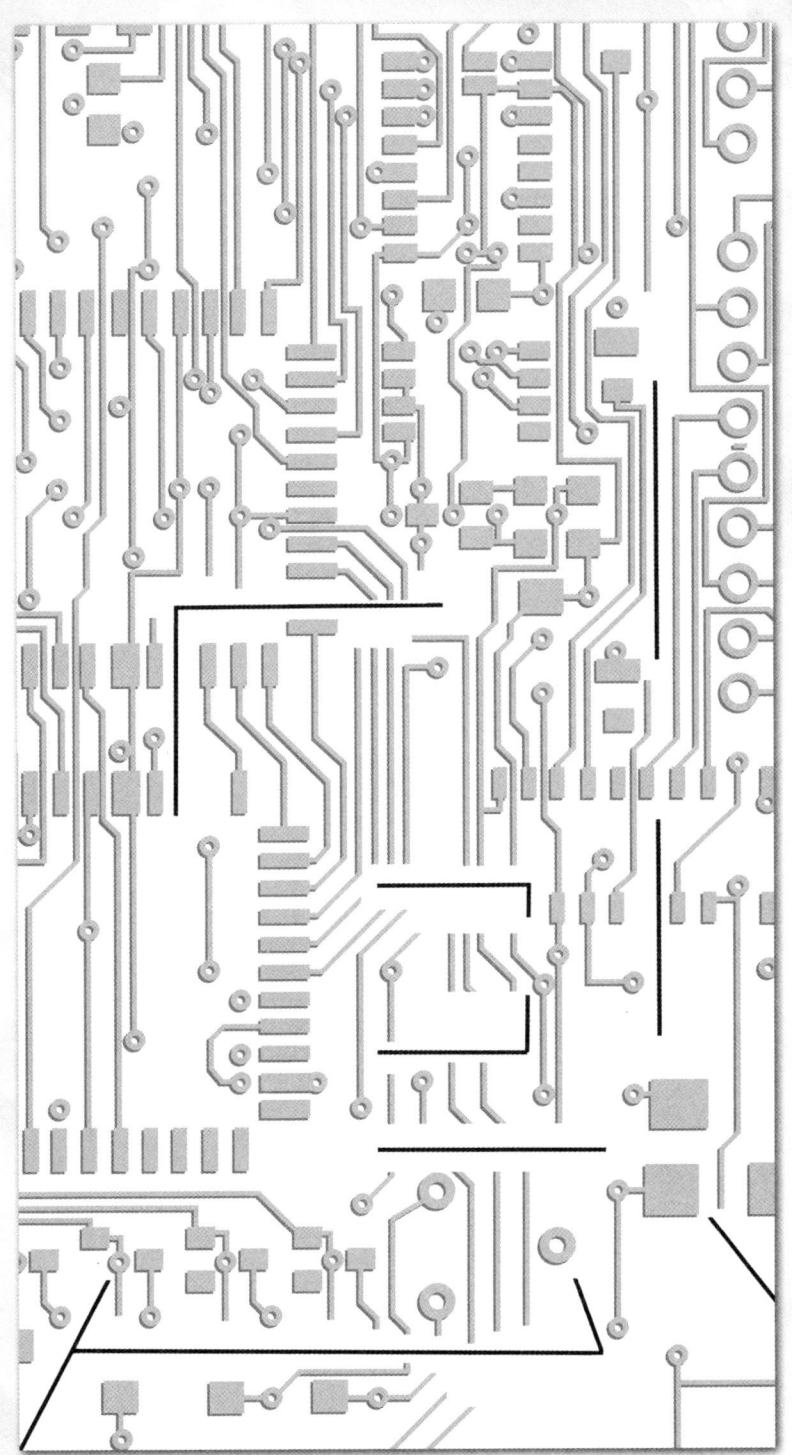

45

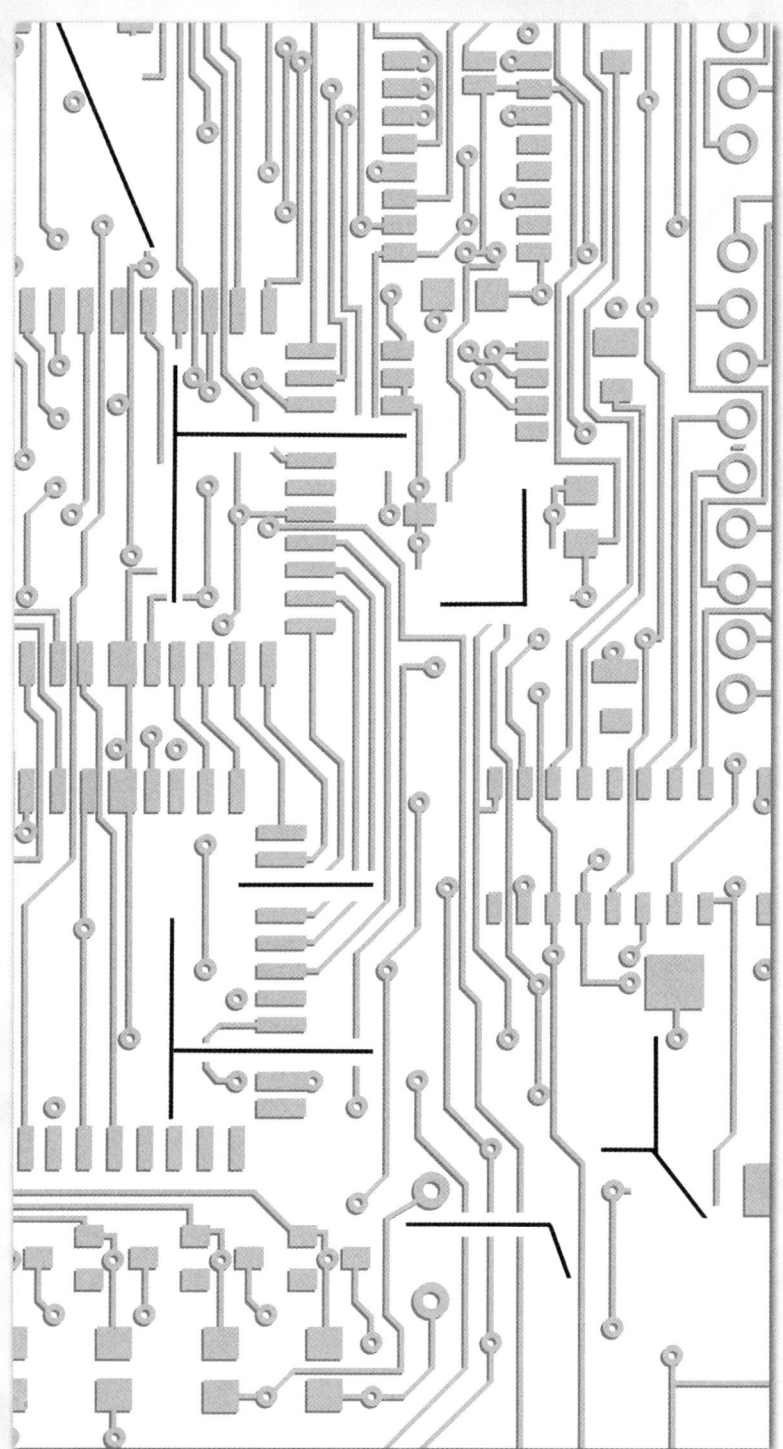

73

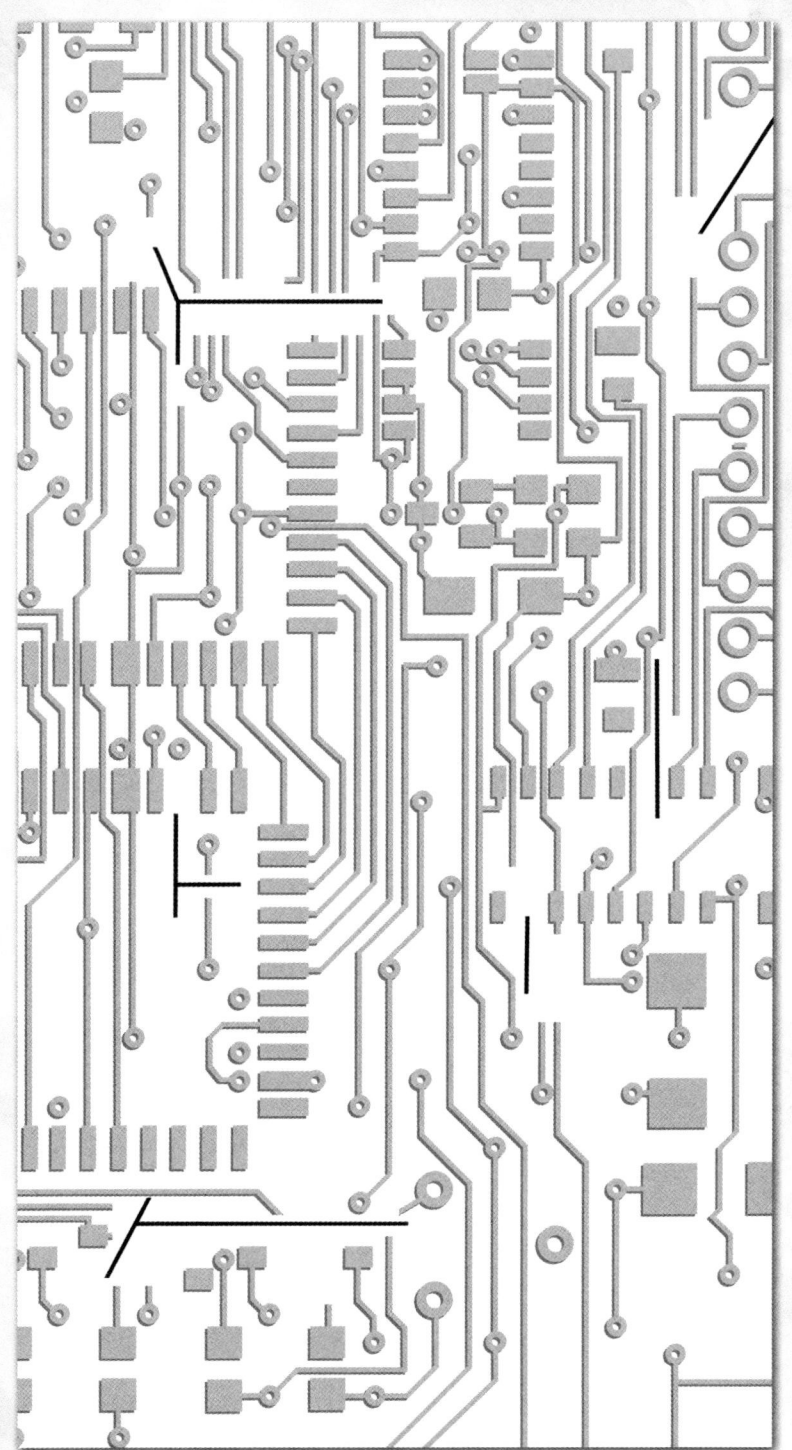

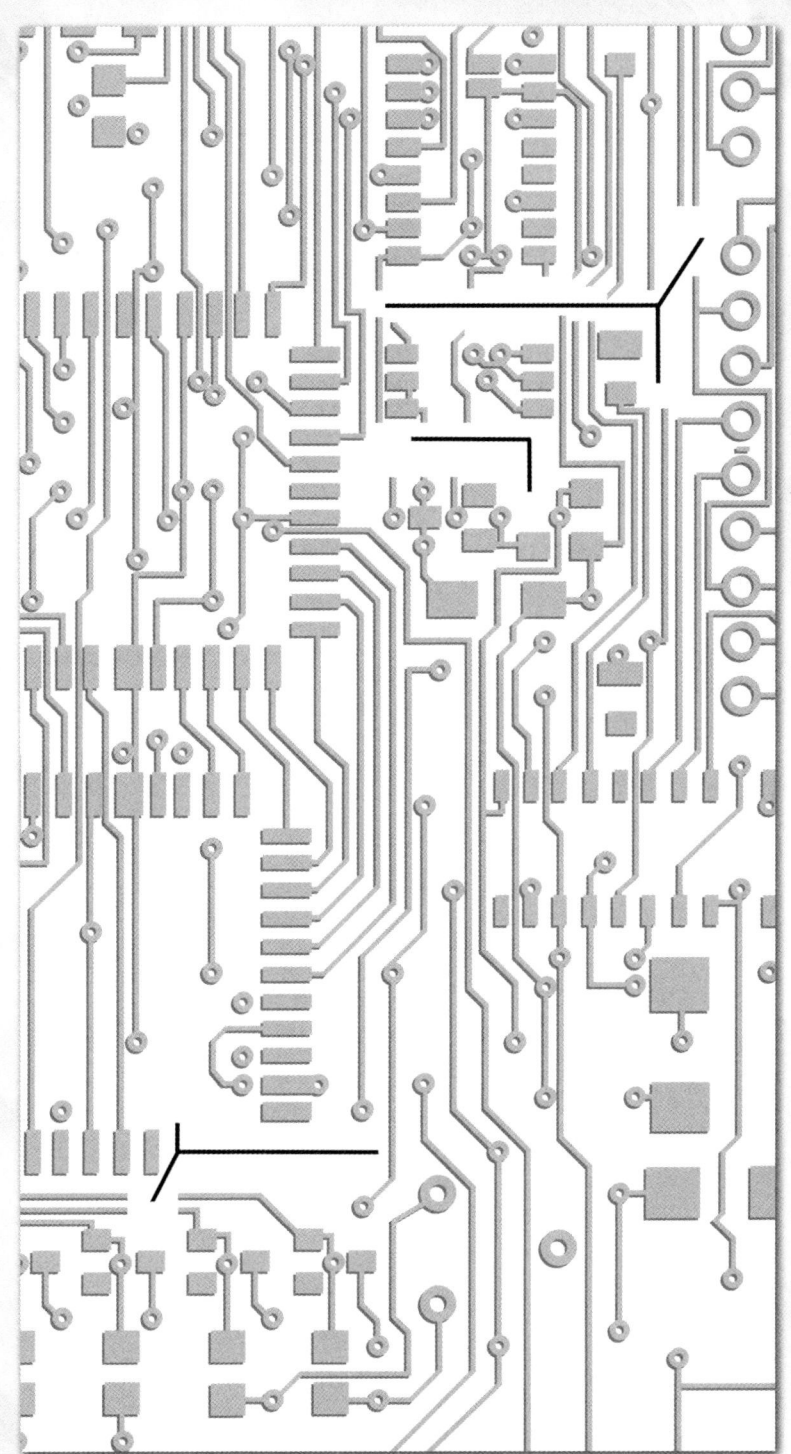

24

GEHEIM

Mit der Sicherheitsfreigabe von KRY.P.T.O. können wir endlich auch Einsicht in die Akten nehmen, die bisher für uns unzugänglich waren.

Leider ist das aufgrund der zahlreichen Sicherheitsprotokolle, mit denen diese Akten gesichert sind, immer noch nicht so einfach.

Ich habe Ihnen Codes geschickt. Versuchen Sie sich damit durch das Aktenchaos zu arbeiten.

Bedivere//

[SW #24]:

Besuche die angegebene Website.
Gib die Lösung ein und notiere das SW für die Seite.

KRY.P.T.O.
Nicht kopieren/ver5raulich   *
Akte: #AL1A5

* *Das ist mir zuvor nicht aufgefallen.*

25

GEHEIM

Wenn ich diese Geschichte von irgendjemand anderem und unter anderen Umständen aufgetischt bekommen hätte, hätte ich sicher nicht gezögert, das als verrückte Verschwörungstheorie abzutun. Und bestimmt hätte ich eine psychologische Untersuchung veranlasst.

Das war wirklich eine Menge zu verdauen.

Ich frage mich, ob es noch seltsamer werden kann. Aber da wir noch nicht am Ziel sind, gehe ich davon aus, dass es das noch wird. Ich denke, wir sollten den Ort des Geschehens von 1942 aufsuchen.

Ich lasse unkommentiert, was Sie herausgefunden haben, weil es mir immer noch schwerfällt, das alles zu glauben. Forschen Sie weiter. Finden Sie etwas, was überzeugend ist. Etwas, was auch mich restlos überzeugt, denn ich merke, dass ich immer noch skeptisch bin.

Bedivere//

[SW #25]:

Besuche die angegebene Website.
Gib die Lösung ein und notiere das SW für die Seite.

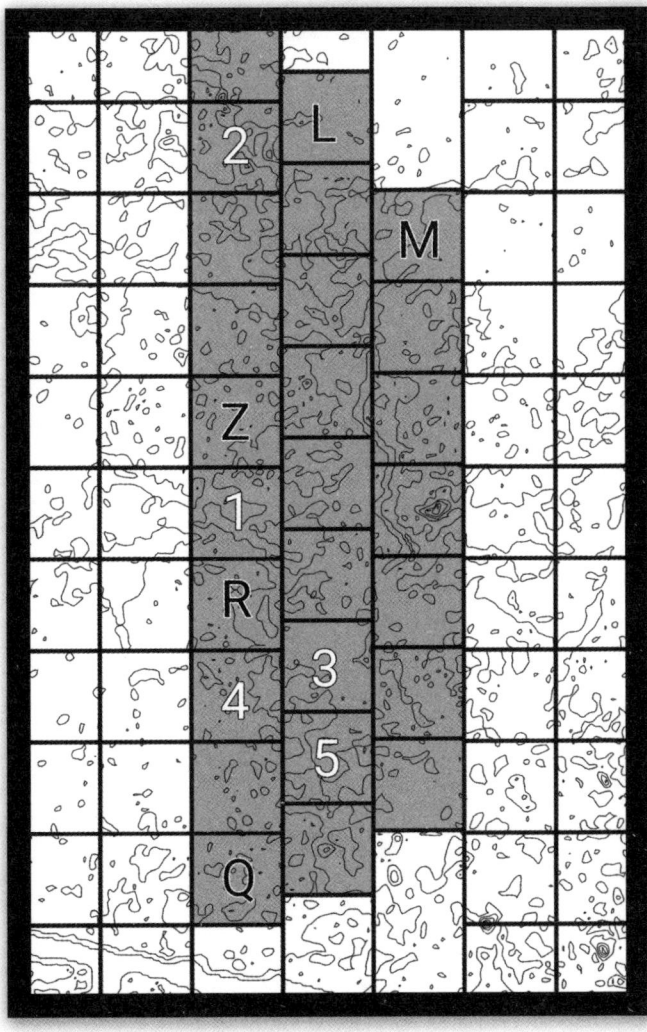

1, 2, 3, 4, 5

+

[SW#24]

26

GEHEIM

Die Vermissten waren genau dort, wo Sie gesagt haben. Wir können jedoch nicht ohne Weiteres dort auftauchen, da der Täter noch unentdeckt ist. Die Überwachungsdrohnen haben immer noch nichts gefunden.

Wir müssen mit äußerster Vorsicht vorgehen und erst klären, wer der Täter ist und wo er sich aufhält, bevor wir die Geiseln befreien können.

Benutzen Sie den topografischen Scan, um den Täter zu finden.

Nicht eingreifen – ich wiederhole – nicht eingreifen!

Bedivere//

[SW #26]:

Besuche die angegebene Website.
Gib die Lösung ein und notiere das SW für die Seite.

Topografischer Scan der Umgebung

Priorität: hoch
Detailgrad: hoch

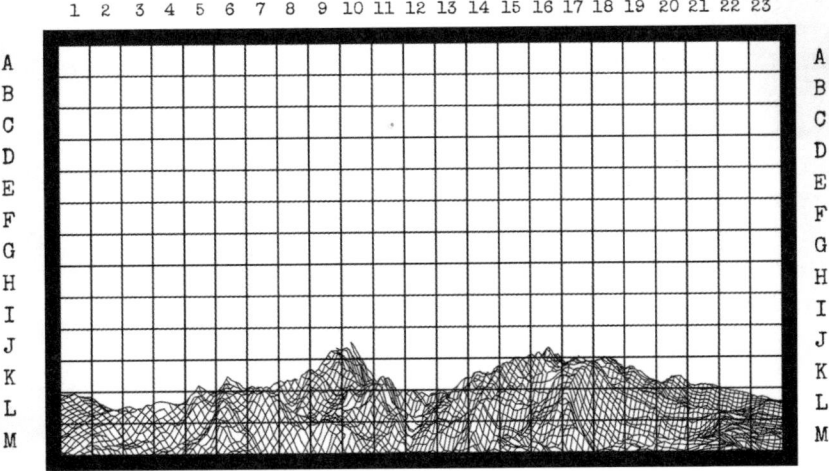

Ergebnisse:

C10 C14 D10 D11 D14 E10 E12 E14 F10 F13 F14 G10 G14

[SW #25]

C17 D17 E17 F17 G17 C18 E18 G18 C19 D19 E19 F19 G19

CFID:VI

GEHEIM

Aufgrund der belastenden Vorwürfe, die seit gestern in den Medien kursieren, werden Sie bis auf Weiteres von Ihrer Funktion als KRY.P.T.O.-Agent suspendiert.

Sie kehren sofort zum Hauptquartier zurück, wo Sie sich einer ausführlichen internen Untersuchung hinsichtlich Ihres Handelns unterziehen müssen.

Kommen Sie diesem Befehl nicht nach, resultiert das in Ihrer sofortigen Inhaftierung und einer Anklage wegen Hochverrats.

KRY.P.T.O.
Generaldirektor

Artus

ORG hat mich erwischt. Ich muss mein letztes Ass schnell ausspielen, bevor es für mich und alle anderen zu spät ist ...

[SW #27]: ▓▓▓▓▓▓▓▓▓▓▓▓▓▓▓▓▓▓▓▓▓▓

Besuche die angegebene Website.
Gib die Lösung ein und notiere das SW für die Seite.

Gewinne immer!

Los geht's!

28.

GEHEIM

Akte: #AL1A5

Ich muss schnellstens einen Weg finden,
den Baum unschädlich zu machen, bevor ich
eingesperrt werde. Nur: Wie stelle ich das an,
ohne die Geiseln zu gefährden?

Ort: exit-kryptoakten.de/ [SW #27][SW #26]

[SW #12] >						
[SW #19] >						
[SW #22] >						
[SW #23] >						
K	R	Y	✶	P	T	O

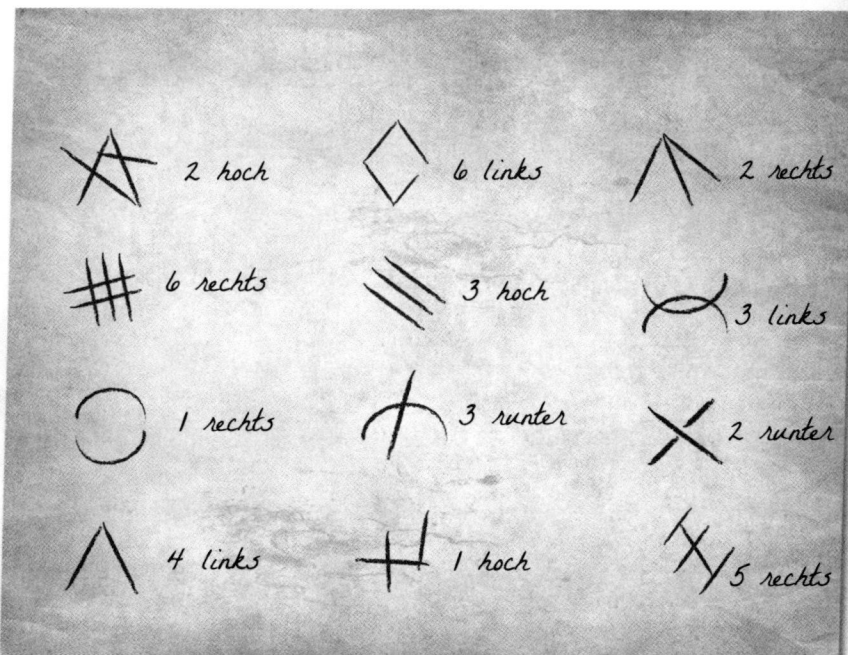

2 hoch

6 links

2 rechts

6 rechts

3 hoch

3 links

1 rechts

3 runter

2 runter

4 links

1 hoch

5 rechts

DIE KRYPTO AKTEN

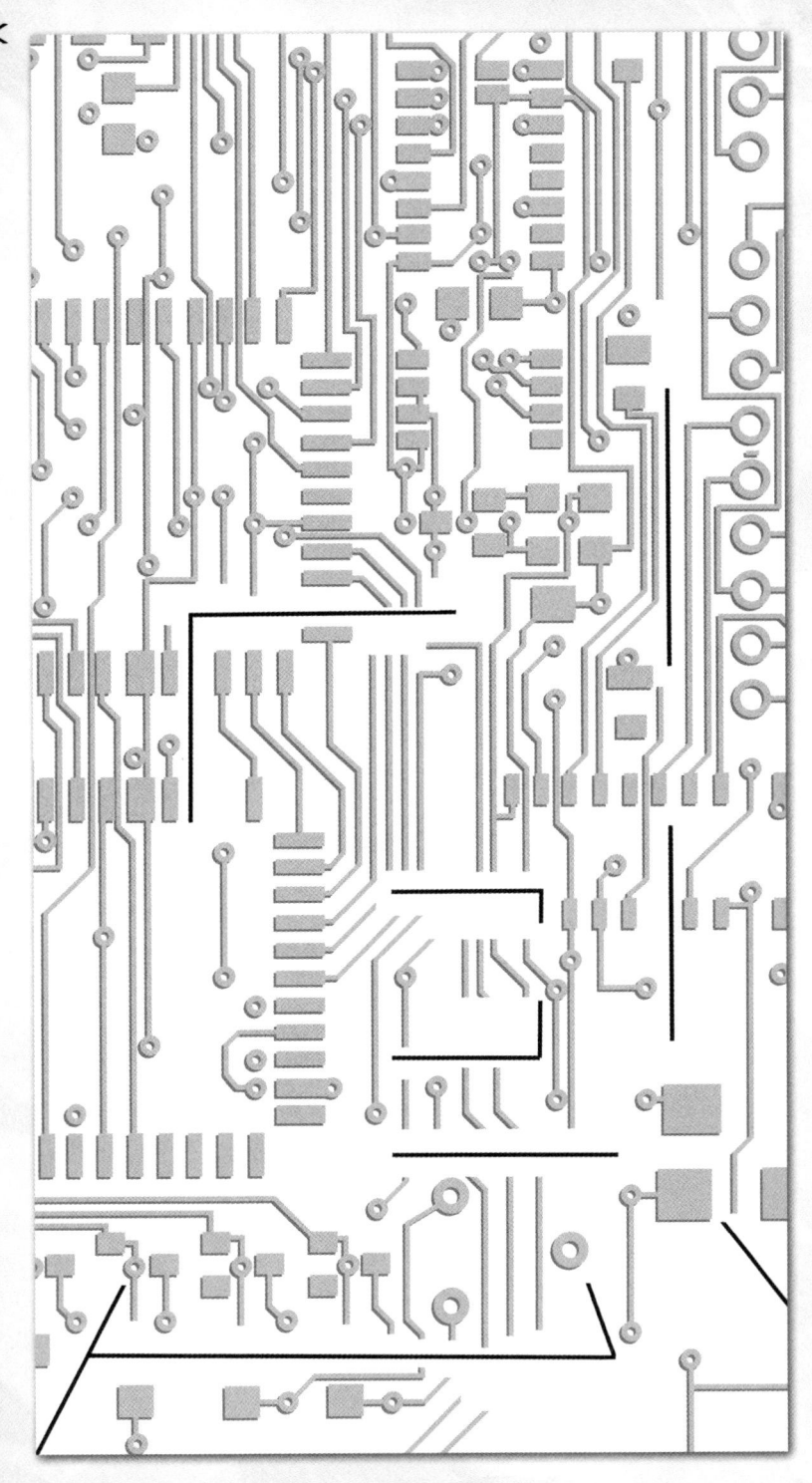

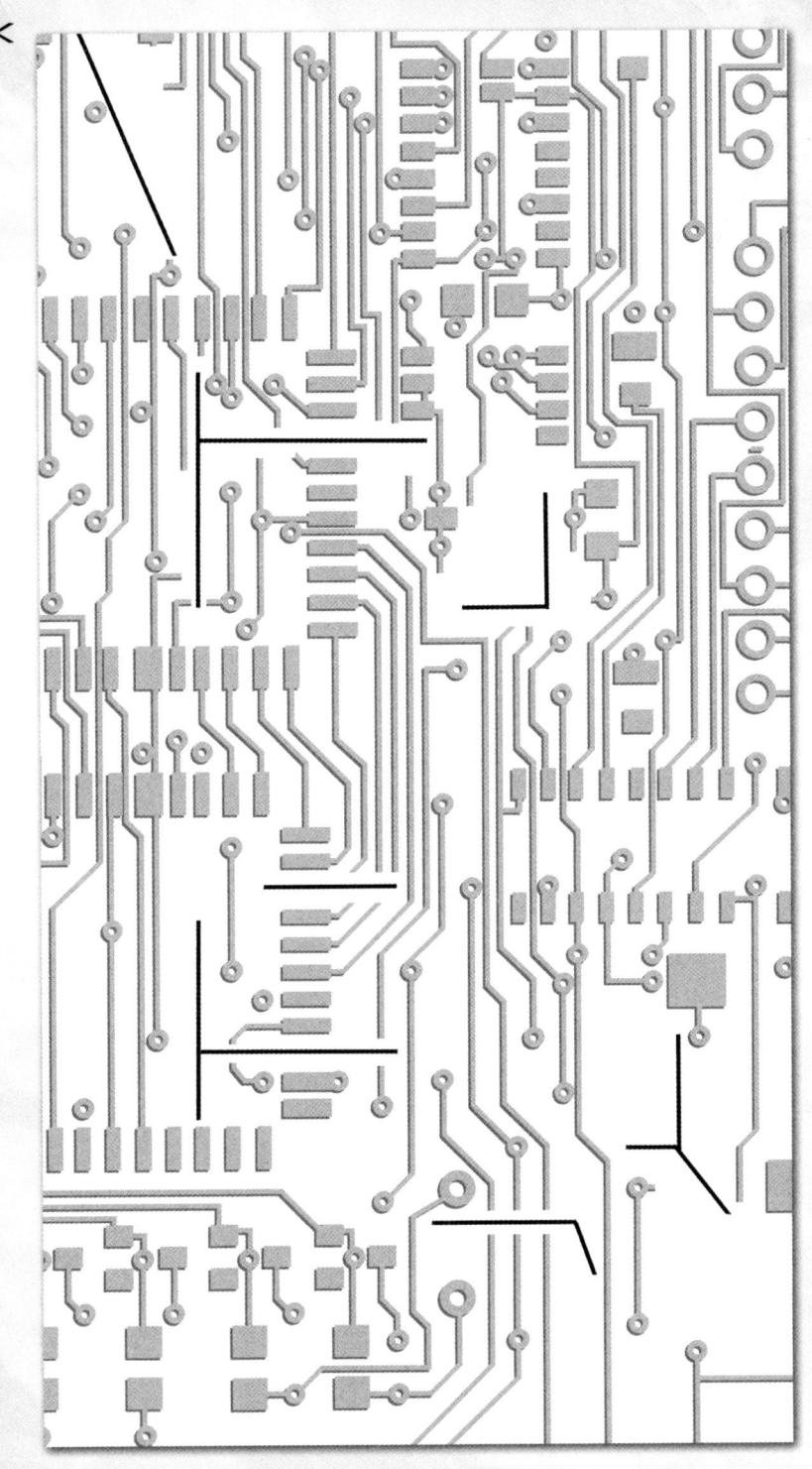

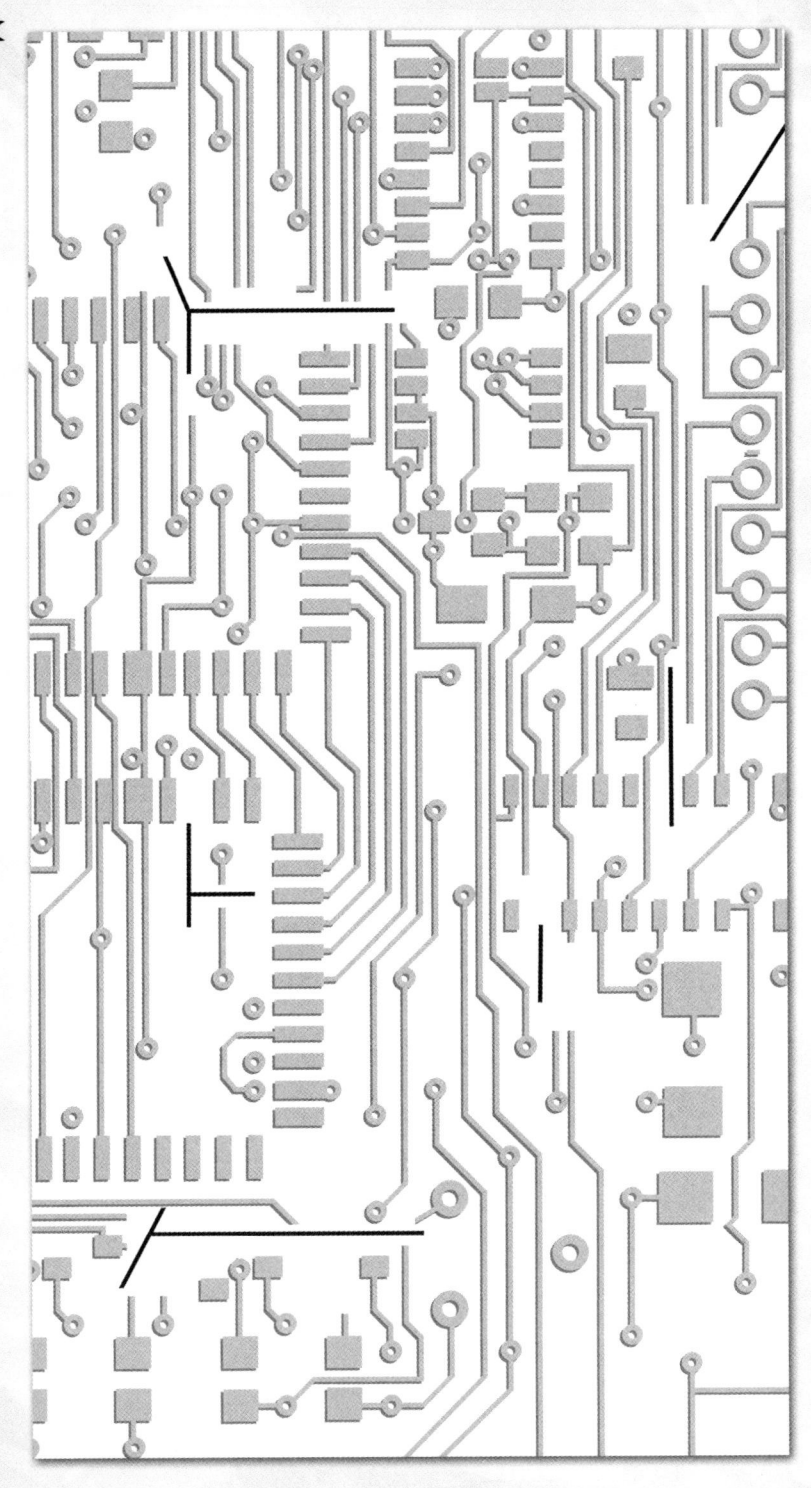

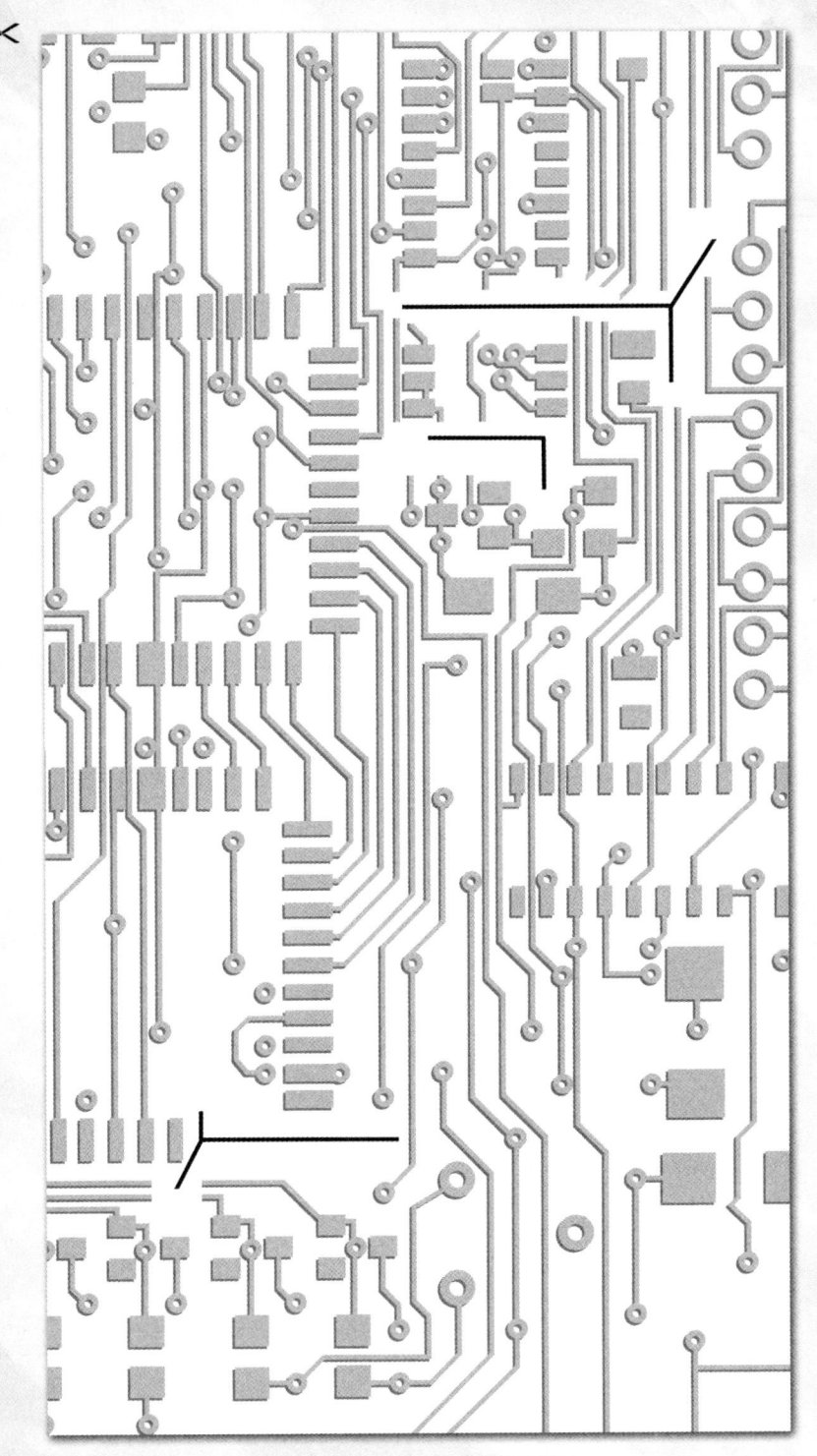

Leseprobe

192 Seiten, €/D 16,– Preisänderungen vorbehalten
ISBN 978-3-440-17221-6

Ryan Creed unterrichtet Kryptografie an einem amerikanischen College und ist ein leidenschaftlicher Rätselknacker. Eines Tages erhält er einen Brief mit einem mysteriösen Auftrag: Er soll für den anonymen Absender eine seltene Goldmünze finden.
Mit von der Partie ist Sarah. Doch die beiden sind nicht die einzigen, die nach der Münze suchen. Ein Abenteuer voller Rätsel und Gefahren beginnt ...

Lies doch mal rein!

Der Brief kam gegen Ende der Unterrichtsstunde. Ryan hatte gerade auf die Uhr geschaut. Er lag gut in der Zeit und war mit dem geplanten Stoff annähernd durch. In dem Moment, in dem er ansetzte, das Wichtigste noch einmal zusammenzufassen, klopfte jemand an die Tür des Seminarraums.

Ryan nickte den Studentinnen und Studenten des Kurses zu. „Einen Moment bitte."

Vor der Tür stand ein Kurier in einer dieser durchdesignten Firmenuniformen, die sowohl modische Lässigkeit als auch Zugehörigkeit zu einem großen, verlässlichen System suggerieren sollten. Er war Ende zwanzig – ungefähr in Ryans Alter.

„Entschuldigung", sagte der Kurier. „Könntest du Mr Creed bitten, rauszukommen? Ist eine persönliche Übergabe."

Ryan lächelte. „Der steht vor Ihnen." Er holte seinen Führerschein hervor, um sich auszuweisen.

Der Kurier errötete. „Entschuldigen Sie, Mr Creed. Ich dachte nur … Sie sind noch so jung für einen Dozenten."

Ryan war das gewohnt. In den ersten Jahren seiner Arbeit hier hatte er oft genug Studenten gehabt, die älter waren als er selbst. Respekt hatte er sich bei ihnen nie verschaffen müssen – sein Ruf eilte ihm voraus –, aber die überraschten Blicke bei der ersten Begegnung waren ihm wohlvertraut.

2

„Schon in Ordnung", entgegnete Ryan dem Kurier und kritzelte mit dem Zeigefinger eine unleserliche Unterschrift auf das Gerät, das dieser ihm hinhielt. Dann nahm er die Sendung entgegen.

Er hatte mit einem offiziellen Schreiben gerechnet. Nicht weil er eines erwartete – aber wer außer Ämtern und Werbeabteilungen verschickte heutzutage noch Briefe? Und vor allem: Wer bemühte dafür extra einen Botendienst, der ihn mitten in seiner Arbeit störte, statt die Sendung einfach mit der normalen Post zuzustellen? Doch der Brief war nicht offiziell – das war auf den ersten Blick zu sehen. Er war von Hand adressiert und ganz altmodisch mit einer Briefmarke frankiert worden. Dem Poststempel nach kam er aus der Gegend um Seattle.

„Schönen Tag noch!", verabschiedete sich der Bote und verschwand den Flur hinunter.

Ryan warf noch einen skeptischen Blick auf den Umschlag, dann steckte er ihn in seine Jacketttasche und ging wieder zurück in den Seminarraum.

Er setzte sich auf das Pult und führte seinen Vortrag fort.

„Wo waren wir stehen geblieben? Ach ja: In gewisser Weise können Sie einen verschlüsselten Text also als Rätsel begreifen. Es gibt genau eine richtige Lösung und es gibt in der Regel genau einen Weg, der zu ihr führt. Und wie bei anderen Rätselarten auch lassen sich Verschlüsselungstechniken grob in zwei Gattungen einteilen. Ahnen Sie, welche das sind?"

Sofort gingen einige Hände in die Höhe. Ryan musterte den Kurs einen Moment lang, bevor er jemanden aufrief.

Es war immer dasselbe mit den Studentinnen und Studenten im ersten Semester: Einige waren so begierig, einen positiven Eindruck zu hinterlassen, dass ihre Hände bei jeder Frage sofort in die Höhe schossen. Andere hatten Angst, sich zu blamieren, und blieben deswegen auch dann still, wenn sie etwas wussten. Als Dozent sah Ryan seine Aufgabe darin, für einen Ausgleich zwischen diesen Gruppen zu sorgen.

Deswegen ignorierte er die erhobenen Hände und nickte stattdessen einem jungen Mann in der zweiten Reihe zu. Er hatte in den bisherigen Kursstunden noch kein Wort gesagt, war dem Unterricht aber so aufmerksam gefolgt, dass Ryan sich ziemlich sicher war, dass er die Antwort wusste. „Könnten Sie uns vielleicht sagen, welche zwei Rätselgattungen ich meine, Mr …?"

„Anderson", vervollständigte der junge Mann, und seine Stimme klang nicht so schüchtern, wie Ryan das sonst von stillen Erstsemestern kannte. Er überlegte kurz. „Hm … na ja, es gibt Rätsel, bei denen man weiß, was man tun muss, und andere, bei denen man genau das herausfinden muss …?"

Er fragte es zwar mehr, als dass er antwortete – aber Ryan war trotzdem zufrieden, denn der Student hatte recht.

„Ganz genau, Mr Anderson! Die ältesten Verschlüsselungstechniken waren das Gegenstück zu den Streichholzrätseln, die Sie bestimmt alle schon einmal gesehen haben: Man grübelt stundenlang, was der richtige Lösungsansatz sein könnte; hat man ihn gefunden, ist der Rest kinderleicht. Moderne Verschlüsselungsalgorithmen sind dagegen eher wie Sudokus oder Kreuzworträtsel: Die Spielregeln sind öffentlich bekannt –

doch das Problem, das das Rätsel stellt, ist so schwer, dass es eine Menge Arbeit braucht, um zur Lösung zu kommen."

Ryan sah, dass eine skeptisch dreinblickende Studentin in der ersten Reihe ihre Hand hob. Er ahnte, was ihr Einwand sein würde, und kam ihm zuvor.

„Das ist natürlich eine sehr, sehr grobe Vereinfachung. Also gehen Sie jetzt bitte nicht in dem Glauben nach Hause, der RSA-Algorithmus funktioniere genau wie ein Sudoku oder ein Kreuzworträtsel."

Die Hand senkte sich wieder. Ryan musste lächeln. Menschen waren oft leichter zu durchschauen als ein gut gemachtes Rätsel.

„Trotzdem", fügte er abschließend hinzu, „können Sie von klassischen Rätseln beider Sorten etwas lernen. Deswegen finden Sie einige davon auch auf dem Server. Als Hausaufgabe. Sie haben bis Sonntag Zeit, mir Ihre Ergebnisse zu mailen – inklusive einer Erklärung des Lösungswegs. Viel Erfolg dabei, und bis nächste Woche!"

Ryan stand auf und öffnete die Tür des Seminarraums. Das war für alle das Signal, dass die Stunde vorüber war.

Als er wieder zum Pult kam, warteten dort schon einige Studentinnen und Studenten auf ihn. Sie hatten genau die Fragen, mit denen Ryan gerechnet hatte: organisatorischer Kleinkram über Serverzugänge, Fehlstunden, Benotungskriterien und Ähnliches. Ryan beantwortete alles geduldig.

Nach ein paar Minuten waren alle Fragen beantwortet. Nur eine Person wartete noch: der junge Mann, an den er seine letzte Frage gerichtet hatte.

„Mr Anderson? Wie kann ich Ihnen helfen?"

Der Student sah ihm selbstbewusst in die Augen. „Mr Creed, ich will Ihnen nicht zu nahe treten, aber ich und auch viele andere aus dem Kurs hatten uns, glaube ich, mehr erhofft als das, was Sie uns bisher bieten."

Ryan hob die Augenbrauen. „Mehr? In welcher Hinsicht?"

„Na ja – mehr Praxis. Also, moderne Praxis. Römische Geheimschriften und Rätsel sind ja ganz nett, doch gerade Sie haben bei Ihrer Vergangenheit ja sicher einen Einblick in viel bahnbrechendere Techniken."

Ryan seufzte. Er kannte diese Einwände. Er konnte sie sogar verstehen. Schließlich war allgemein bekannt, dass er, wenn man es vorsichtig formulieren wollte, über eine gewisse Praxiserfahrung in Sachen moderner Kryptografie verfügte.

Er konnte es nachvollziehen, wenn Leute sich in seinen Kurs einschrieben, um davon zu profitieren. Denn seine Vergangenheit war auch ein Grund dafür, dass er diesen Job überhaupt bekommen hatte. Was sie nicht wissen konnten: Ryan hatte längst für sich entschieden, dass es besser war, wenn sein Talent in Zukunft komplett ungenutzt bliebe.

Er blickte den Studenten an und schüttelte den Kopf. „Mr Anderson, das Kursverzeichnis umreißt den Inhalt meiner Veranstaltung recht genau: Einführung in die Theorie der Kryptografie anhand historisch-praktischer Beispiele. Und genau das biete ich Ihnen. Wenn Sie damit nicht zufrieden sind, steht es Ihnen natürlich frei, den Kurs zu wechseln."

Anderson errötete leicht und senkte den Blick. Ryan kannte

diese Reaktion: Da war jemand zu weit vorgeprescht und hatte jetzt Angst vor der eigenen Courage.

„Nein, das möchte ich nicht“, stellte der Student klar. „Aber ich dachte … Sie haben doch so viel aktuelle Erfahrung. Wieso machen Sie nicht einen Kurs darüber?“

„Ich habe meine Gründe“, erklärte Ryan knapp. „Im Übrigen ist mein Wissen in dieser Hinsicht nicht so aktuell, wie Sie vielleicht denken. Tatsächlich ist es auf dem Stand von vor ein paar Jahren. Und ich tue mein Bestes dafür, es nicht wiederaufzufrischen.“

Der Student sah Ryan einen Moment verwundert an, dann zuckte er mit den Schultern. „Okay, alles klar, danke. Dann bis nächste Woche.“

Als Anderson gegangen war, packte Ryan seine restlichen Unterlagen in die Tasche. Dabei fiel ihm wieder der Brief in die Hand, den der Kurier gebracht hatte. Er war dünn. Wahrscheinlich nur ein Blatt, allerhöchstens zwei.

Privatpost schloss er aus. Er kannte niemanden in der Gegend um Seattle. Also wahrscheinlich Werbung. Ryan landete regelmäßig auf den vorderen Plätzen in nationalen Rätselwettbewerben, und manche Unternehmen wollten sich das zunutze machen. Sie schickten ihm in Rätsel verpackte Werbebotschaften, in der Hoffnung, dass Ryan etwas darüber in den sozialen Medien postete und so ihre Reklame für Aftershaves, Energydrinks und Computerspiele in der Welt verbreitete.

Ein ziemlich sicheres Zeichen, wie Ryan fand, dass die

Marketingabteilungen der entsprechenden Konzerne nicht eine Minute darauf verwendet hatten, mehr über ihn herauszufinden. Sonst hätten sie nämlich schnell gemerkt, dass Ryans Konten bei den einschlägigen Social-Media-Anbietern sämtlich inhaltslos und auf „privat" geschaltet waren.

Er hatte in seinem vorigen Job genug über die Auswirkungen von Datensammlung gelernt, um sich ihr so weit wie möglich zu entziehen.

Allerdings war es ungewöhnlich, dass derartige Werbepost mit einem Kurierdienst verschickt wurde. Hier hatte offenbar jemand ein recht umfangreiches Budget zur Verfügung. Falls ein genügend großer Teil davon auch in die Rätselentwicklung geflossen war, konnte der Brief vielleicht wenigstens eine gewisse Herausforderung darstellen.

Neugierig riss er den Umschlag auf.

Er sah sofort, dass er mit seiner Vermutung recht behalten hatte. Es war tatsächlich ein Rätsel, denn der Brief enthielt kein einziges Wort – nur eine Abfolge merkwürdiger Symbole.

Er drehte und wendete den Umschlag und den Briefbogen. Nichts Besonderes zu erkennen. Und vor allem: kein Absender. Einen Moment spielte er mit dem Gedanken, sich gleich hier und jetzt an die Lösung zu machen, doch dann entschied er sich dagegen. Die Unterrichtsvorbereitung für morgen wartete. Und sosehr er Rätsel auch mochte, er wusste ja schon, was dabei herauskommen würde: ein dummer Werbespruch für irgendein Produkt, das er nicht brauchte. Was sollte es sonst sein?

Er steckte Blatt und Umschlag in seine Aktentasche und verließ den Seminarraum.

Auf dem Weg zum Ausgang sah er auf sein Telefon – ein uraltes Gerät mit Zahlenfeld und LCD-Anzeige. Es zeigte einen verpassten Anruf, mit Voicemail. Ryan kannte die Nummer gut: Es war das Bürotelefon von Jamie Pharr, einer befreundeten Anwältin.

„Ryan, hier ist Jamie. Ich dachte, wir hätten vereinbart, dass du mir keine Klienten mehr schickst, solange nicht wieder Guthaben auf dem Stiftungskonto ist. Ich hab keine Ahnung, wie das bei dir funktioniert, aber ich muss ab und zu tatsächlich Geld mit meiner Arbeit verdienen. Ruf doch bitte zurück, ja?"

Ryan seufzte. Die Stiftung. Sie war ein Projekt, das er nach seinem Ausscheiden aus dem Polizeidienst ins Leben gerufen hatte. Und als Reaktion auf die Erfahrungen in diesem Dienst. Die Grundidee der Stiftung war es, Justizopfern zu helfen – Menschen, denen von der Polizei übel mitgespielt worden war, etwa durch exzessive Gewalt, fingierte Beweise oder unzulässige Verhörmethoden. Kurz: durch Machtmissbrauch der Beamten.

Wenn Ryan danach gefragt wurde, warum ihm dieses Thema so am Herzen liege, gab er immer die gleiche Antwort. Die, die er eben auch Mr Anderson gegeben hatte: „Ich habe meine Gründe."

Ryan hatte sein gesamtes Erspartes in der Stiftung angelegt, alle Preisgelder aus Rätselwettbewerben flossen hinein, und immer wieder warb er auch um Spenden. Trotzdem war die Stiftung ständig knapp bei Kasse, und das, obwohl Jamie die Fälle für einen Freundschaftspreis übernahm.

In Ryans Augen war das ein Zeichen dafür, dass immer mehr Menschen unter der Willkür der Sicherheitsorgane litten.

In Jamies Augen war es ein Zeichen dafür, dass Ryan weder Nein sagen noch mit Geld umgehen konnte.

Und, so musste Ryan sich eingestehen, ganz unrecht hatte sie damit wohl nicht.

Er steckte das Telefon weg. Natürlich würde er sie zurückrufen, versicherte er sich selbst. Doch erst, wenn es etwas gab, was er ihr entgegnen konnte. Also, etwas anderes als „Du hast recht, wir haben nicht genug Geld".

Ryan dachte wieder an den Rätselbrief. Vielleicht war es ja keine Werbung, sondern ein Gewinnspiel? Die waren zwar seltener, aber sie kamen vor. Allerdings wurden Gewinnspiele normalerweise öffentlich veranstaltet und nicht in unverlangten Umschlägen ohne Absender an ahnungslose Teilnehmer geschickt. Nein, entschied Ryan, alle Zeichen deuteten noch immer auf Werbung.

Als Ryan durch die Tür zum Parkplatz ging, schlug ihm trockene Hitze entgegen. 35 Grad im Schatten hatte der Wetterbericht vorhergesagt. Hier war es bestimmt noch wärmer, denn es gab keinen Schatten und der Asphalt hatte sich aufgeheizt.

Manchmal vermisste Ryan das mildere Klima der Ostküste. Trotzdem bereute er es nicht, hierhergezogen zu sein. Es gab vieles am Mittleren Westen, was ihm missfiel – die meisten Leute teilten seine politischen Ansichten nicht, und Wissenschaft und Bildung hatten hier oft einen schweren Stand gegen die vorherrschenden religiösen Überzeugungen. Aber das waren wenigstens offene Auseinandersetzungen. Jeder wusste, wo der andere stand. Damit konnte er umgehen – im Gegensatz zu den Erfahrungen, die er bei seiner früheren Arbeit gesammelt hatte.

Ryan stieg in seinen Wagen, schaltete die Klimaanlage ein und machte sich auf den Weg nach Hause.

Sein Haus war recht klein für die Verhältnisse der Gegend, doch für ihn reichte der Platz. Die Frage war nur, wie lang er für die Bücher reichen würde, die Ryan dort anhäufte. Schon jetzt war gefühlt jede freie Wand mit einem Regal ausgestattet.

Ryan meinte es ernst, wenn er sagte, dass er nichts vom Internet halte, und deswegen mussten Lexika und Fachbücher die Rolle übernehmen, die sonst Google und Wikipedia ausgefüllt hätten. Die waren vielleicht nicht immer auf dem allerneuesten Stand, aber von den tagesaktuellen Entwicklungen der Kryptografie hielt Ryan sich bewusst fern. Er konzentrierte sich auf die Grundlagen – und die hatten die angenehme Eigenschaft, konstant zu bleiben.

Auf Dauer würde er diese Onlineabstinenz nicht durchhalten können, das war ihm klar. Schon jetzt musste er sie manchmal durchbrechen – etwa um die Aufgabenblätter auf den Schulserver hochzuladen. Noch war es möglich, seine Zeit im Netz auf ein Minimum zu beschränken.

Die folgenden Stunden verbrachte er damit, den Unterricht für die nächsten Tage vorzubereiten. Es hieß immer, dass Lehrer sehr viel Freizeit hätten. Ryan hatte davon bisher nichts bemerkt – allerdings arbeitete er ja auch noch nicht so lang in diesem Job. In ein paar Jahren, wenn er sich ein genügend großes Archiv an alten Stundenkonzepten zusammengestellt hatte, mochte das anders aussehen.

Irgendwann hatte er das Gefühl, sich eine Pause verdient zu haben. Es war spät genug, um sich ohne Reue zu entspannen, aber noch zu früh, um das Abendessen vorzubereiten. Ryan setzte sich mit einer Tasse Tee an den Küchentisch und holte den merkwürdigen Brief hervor. Auch wenn er sich keine großen Illusionen machte, was den Inhalt anging: Rätsel waren seine Leidenschaft. Und ein ungelöstes Rätsel war wie eine juckende Stelle, an der man noch nicht gekratzt hatte.

Er sah sich die Symbole noch einmal an. Auf den ersten Blick wirkte es wie eine klassische Substitutionschiffre. Diese Art der Verschlüsselung wurde schon seit der Antike genutzt: Jeder Buchstabe wurde durch ein anderes Symbol ersetzt. Ein Angriff darauf war sehr einfach – zumindest, wenn man abschätzen konnte, in welcher Sprache der verschlüsselte Text geschrieben war. Denn in jeder Sprache kamen bestimmte Buchstaben öfter vor als andere. Häufig vorkommende Symbole entsprachen also mit großer Sicherheit häufig vorkommenden Zeichen – und wenn man es erst einmal geschafft hatte, ein paar Zeichen zuzuordnen, konnte man leicht die ersten Silben und Wortfragmente ausmachen.

Das funktionierte am besten bei langen Texten, denn je größer die Zeichenzahl war, umso mehr näherten sich die Häufigkeiten ihren statistischen Mittelwerten an. Kurze Notizen wie diese hier konnten durchaus ungewöhnlich viele seltene Buchstaben aufweisen, etwa durch einen ungewöhnlichen Namen oder Ähnliches. Dennoch war es einen Versuch wert – schon allein, weil Ryan die Häufigkeiten der wichtigsten Buchstaben sowieso auswendig wusste.

Er nahm ein Blatt Papier zur Hand und begann eine Strichliste für jedes einzelne Zeichen, beginnend mit dem Buchstaben E – dem häufigsten in vielen westlichen Sprachen. Doch aus den Werten ergab sich kein eindeutiges Bild, und je mehr weitere Zeichen er zählte, desto weniger Sinn schien die Verteilung zu ergeben.

Ganz so simpel war es also nicht, freute sich Ryan. Es war selten genug, dass sich die Entwickler dieser Werberätsel mehr als die allernötigste Mühe machten. Dabei war beim Lösen dieser Botschaften eindeutig der Weg das Ziel.

Er sah sich die verschlüsselte Botschaft noch einmal genauer an.

Einige der Zeichen kamen ihm bekannt vor, auch wenn er im Moment nicht darauf kam, wo er sie schon einmal gesehen hatte.

Ryan dachte nach. Theoretisch gab es eine Vielzahl von Methoden, mit denen der Text verschlüsselt worden sein konnte, die meisten davon waren allerdings in der Praxis unwahrscheinlich. Warum? Ganz einfach: weil sie zu gut waren. Nicht unknackbar, aber zu anstrengend für den Hausgebrauch.

Der Brief war bewusst an ihn geschickt worden – das hieß, jemand wollte, dass er ihn entschlüsselte. Das war ja generell der große Unterschied zwischen Rätseln und Codes: Ein Code war möglichst sicher gestaltet, sodass er im Idealfall nur dann in Klartext übertragen werden konnte, wenn man den richtigen Schlüssel kannte. Ein Rätsel dagegen war dafür gemacht, gelöst zu werden. Es hatte sozusagen seinen eigenen Schlüssel mit dabei. Egal, wie kompliziert es wirken mochte, irgendwo fanden sich immer versteckte Hinweise auf den Lösungsweg. Wenn man sie entdeckte und nutzte, ergab sich der Rest von selbst.

Und wenn sich keiner dieser Hinweise im Text selbst fand, dann musste er eben an anderen Stellen danach suchen …

Noch mehr Krimi-Spannung!

Der Tote im Weinkeller

Für 1-4 Spieler ab 14 Jahren
Art.-Nr. 682163

- Ermittelt in einem realistischen Krimifall
- Mit über 50 Hinweisen und realistischem Beweismaterial
- Design des Spiels als echte Fall-Akte

Auch nach zwanzig Jahren tappt die Polizei im Dunkeln: Die Leiche eines Winzers wurde nach Jahren erfolgloser Ermittlungen erst jetzt gefunden. An diesen komplizierten Fall müssen Profis ran. Eine spannende Geschichte bringt euch mitten hinein ins Geschehen. In detektivischer Feinarbeit geht ihr Spuren nach und sichert Beweise. Dafür sichtet ihr in diesem Detektiv-Spiel Zeitungsausschnitte und Notizbücher, Zeugenaussagen, Fotos von Tatort und Verdächtigen. Passen die Aussagen und das Beweismaterial zusammen? Wer könnte hinter der Tat stecken? Dieser Krimi verspricht Spannung pur für den nächsten Spielabend!

kosmos.de

WEITERE INTERAKTIVE UND EINZIGARTIGE EXIT-BÜCHER ENTDECKEN!

144 Seiten, €/D 12,99
ISBN 978-3-440-16324-5

144 Seiten, €/D 12,99
ISBN 978-3-440-16037-4

144 Seiten, €/D 12,99
ISBN 978-3-440-16556-0

144 Seiten, €/D 13,–
ISBN 978-3-440-17141-7

kosmos.de/exit-das-buch